W0221306

PERSONNE

Émilie PERRET

Personne

Vérone éditions

Envois de manuscrits :
Vérone éditions – 75 boulevard Haussmann – 75008 Paris

Chapitre I

Camille enrageait devant la note du travail rendu. Un petit treize. Pour des dizaines d'heures de travail avec un partenaire peu concerné. Charles, encore un gosse de riche… La responsable des troisièmes années, Mme D'Aubert, l'avait convoquée dans son bureau. Histoire de faire une petite injection de rappel. Trois autres duos avaient eu une note inférieure à la moyenne mais leur origine sociale les mettait hors de portée. Tout comme Charles, fils du président de la chambre de commerce. Il puait la suffisance à plein nez et lui avait déjà collé sur le dos cette note moyenne. Avait-il déjà oublié qu'il n'était venu qu'une seule et unique fois à la bibliothèque universitaire ?

Elle se demandait si son statut d'orpheline était connu de la direction. La responsable l'avait vraiment dans le collimateur. C'était déjà la dixième fois en trois ans qu'elle était convoquée. Elle préparerait sa défense ce soir.

Heureusement qu'elle avait opté pour un double cursus en droit et sciences politiques. Elle pourrait être son propre avocat, probablement la meilleure défense qu'elle pourrait obtenir. Elle regrettait d'avoir choisi une grande école en plus de la faculté. Elle aurait dû prendre une double licence à la faculté. Elle aurait été anonyme dans l'immensité de l'amphithéâtre. Difficile d'avoir des rêves et surtout de les réaliser, sans trahir ses convictions intimes. Dire qu'elle avait voulu donner le change en choisissant le cadre de vie de ses camarades.

Les cours étaient terminés, elle pouvait souffler chez elle. Elle rencontra son voisin, un certain Rachid. Son regard était très insistant, trop insistant. Elle se sentait mal à l'aise avec lui et n'aimait pas être seule dans l'ascenseur avec lui. Arrivée dans la sécurité de son chez-soi, elle voulut se préparer quelque chose à manger et découvrit qu'elle devrait aller à la supérette du coin.

Elle prit sa carte bancaire et établit une rapide liste. Elle n'allait pas cuisiner, elle avait une justification à préparer. Elle était à court d'arguments depuis longtemps…

En remontant, elle recroisa son voisin en discussion avec deux autres personnes. Elle les a bien entendus approcher quand elle a ouvert la porte. Elle n'eut pas le temps de se retourner. Elle fut projetée violemment par terre à l'intérieur…

Le lendemain matin, la responsable des troisièmes années ne la vit pas arriver. Elle n'avait pas honoré son audience et n'était pas venue en cours. Ni durant la semaine qui s'écoula.

« Bon débarras, elle n'était pas à la hauteur et n'avait pas sa place ici… Elle a préféré décamper, un problème en moins… »

Chapitre II

Elle essayait de tirer sur ses liens. Ses liens qui la maintenaient attachée à son lit. Son univers s'était réduit à ce lit, son corps se résumait à ses bras attachés et à sa poitrine qui l'empêchait de voir plus bas. Même son ventre avait disparu, ses côtes commençaient à être apparentes. Son corps avait fondu, décharné par le manque de calories et de nutriments. Ses muscles s'atrophiaient les uns après les autres. Elle tenait de moins en moins debout. Son corps n'était qu'une souffrance diffuse, elle ne savait plus si elle avait mal partout ou si elle ne savait pas où elle avait mal. Elle passait son temps à se tourner dans un sens puis dans l'autre, essayant de soulager alternativement les frottements de sa peau sur la bâche en plastique tout en n'étant pas en contact avec ses déjections. Elle avait la sensation d'être devenue un animal, un animal que l'on attachait pour l'empêcher de s'échapper. Une déchéance rapide facile à mettre en œuvre. Oublier la moindre parcelle d'humanité, celle que l'on accorderait toutefois sans réserve à nos chers animaux de compagnie.

Depuis combien de temps déjà ? Une heure, un jour, une semaine, un mois ? Elle n'avait aucune notion du temps qui passait. Elle pouvait lire l'heure mais ces chiffres n'avaient aucune signification. Elle ne se perdait plus dans la contemplation de son studio ; elle n'essayait plus de graver leurs visages dans sa mémoire. À quoi bon ? À quoi bon noter des détails inutiles que jamais personne ne lui demanderait un jour ? À quoi bon risquer d'être rouée de coups pour un futur qui ne réaliserait jamais ?

Son temps se résumait en absence et présence. Leur présence ou leur absence, elle ignorait si elle était encore dans la pièce. Son corps oui, mais elle ? La solitude ou la souffrance. Le temps lui faisait défaut. Elle tentait de survivre dans un océan de sévices.

Elle était quantité négligeable dans cette histoire. Ils n'avaient pas besoin d'elle au fond, ils avaient juste besoin de son corps. De son corps dont ils abusaient à la chaîne, de son corps qu'ils violentaient à leur guise. Elle ne manquait à personne, elle n'avait ni famille, ni amis. La candidate idéale en quelque sorte si on faisait référence aux séries américaines… À un détail près, elle était séquestrée chez elle. Elle avait toujours cru que les viols se passaient dehors, la nuit, dans un endroit sombre et isolé. Pas dans le cocon rassurant de son quotidien, pas chez soi ; là où on pourrait entendre et intervenir.

Mais personne ne semblait l'entendre. Personne ne l'entendait hurler, supplier. Personne n'entendait les coups, personne n'entendait son corps heurter les murs et s'effondrer sur le sol. Personne ne réagissait… Et pourtant, elle ne pouvait s'empêcher d'espérer au plus infime bruit de sirènes. Son regard éteint devait toutefois briller un peu, infime flamme fragile prête à s'éteindre.

Puisqu'ils le remarquaient et se fichaient d'elle. Ils s'ingéniaient à piétiner la plus infime parcelle d'espérance en elle. Ne pas lui laisser d'espoir, jamais.

L'espoir était la pire de souffrances et pourtant, l'espérance demeurait, autant fragile que forte.

Le bruit de la clef qui tournait dans la serrure la ramena à la réalité. Un de ses bourreaux avait besoin d'un corps à charcuter. Rares étaient les jours où elle ne voyait personne.

— Salut, sale chienne (un de ses nouveaux surnoms avec quelques variantes : sale truie, sale pute entre autres)… J'ai passé une mauvaise journée dit-il en la détachant. Débrouille-toi pour me la rendre meilleure. Je serai probablement gentil avec toi en échange.

Il n'en pensait pas un traître mot. Elle devait le satisfaire comme la bonne soumise qu'elle était devenue. Il est si facile d'asservir plus faible que soi, pourquoi ne pas en profiter ? Si excitant de les voir accomplir des actes dégradants, sans même chercher à tempérer ou à négocier.

Il maintenait la corde tout en la poussant sous la douche. Elle avait besoin de son aide pour se maintenir debout. Le jet d'eau faisait disparaître les souillures de sa peau mais elle était déjà happée par celle à venir. Une douche de dix minutes n'y suffirait pas après tout. C'était néanmoins leur seul acte de gentillesse vis-à-vis d'elle.

Il l'attrapa et la rattacha à son lit. Il s'était déshabillé et lui donnait un ordre.

— J'ai envie de ta bouche !

Son ordre la surprit, une requête tellement plus poétique que le traditionnel « suce-moi ».

Elle s'exécuta, sa pensée figée. Ce n'était qu'un viol de plus, elle ne les comptait plus. La suite n'avait aucune importance, à l'exception d'une chose. Si elle le satisfaisait, il lui donnerait peut-être à manger. Échanger contre son gré son corps contre un bout de pain. Une sorte de prostitution forcée en quelque sorte. Mais sans garantie aucune. Il pouvait y trouver son plaisir, lui promettre à manger et ne rien lui donner. Heureusement qu'elle buvait en se douchant.

L'eau chaude ne sustentait pas totalement sa soif mais c'était mieux que rien. Les douches glacées n'étaient obligatoires que s'ils voulaient la rouer de coups avant tout autre chose. Ces douches duraient plus de dix minutes ou du moins le croyait-elle. Difficile d'être objectif quand des myriades d'aiguilles gelées vous transpercent la peau.

Il était parti, elle n'avait rien enregistré après le début de sa caresse buccale.

Elle ne voyait qu'une chose, elle n'avait rien eu à manger. Il lui faudrait attendre qu'un autre vienne et retenter sa chance. Ou alors s'allonger sur le côté pour pouvoir appuyer ses genoux contre son ventre.

Elle avait beau essayer, elle ne se souvenait pas de sa vie d'avant. Celle où elle était semblable aux autres, celle où elle avait des rêves. Elle ne se rappelait même plus du soleil, ni de la couleur du ciel. Elle ne se souvenait plus d'avoir été habillée avant. La vie normale, la chaleur, les couleurs, la douceur de vivre, tout avait laissé place à une autre réalité. De la chaleur du soleil ne restait que la moiteur de sa peau allongée sur une bâche en plastique. Les couleurs avaient laissé place à la pénombre des volets baissés. La couleur des vêtements avait laissé place à une nudité constante, à une couleur chair obscurcie par les coups.

La vie d'avant et ses projets s'étaient effacés, remplacés par l'esclavage subi.

Son rêve désormais était de mourir. Elle n'avait jamais été suicidaire, elle ne l'était d'ailleurs pas. Mais elle ne voyait aucune autre issue. La mort était son Unique espoir de délivrance. Elle préférait une fin effroyable à un effroi sans fin, citation de elle ne savait plus qui et qu'elle avait toujours trouvée incompréhensible. Impossible de comprendre quand on a une vie heureuse. Mais quand la vie bascule dans l'horreur, tout ceci devient plus clair.

Elle a divagué trop longtemps, la nuit est tombée peut-être depuis longtemps. Elle regarda machinalement son réveil : 23 h 07. Depuis quand était-elle seule ? Cela n'avait pas d'importance. Plus personne ne viendrait ce soir mais elle n'avait rien eu à manger. Dans l'obscurité et le silence, son odorat et le toucher devenaient les sens privilégiés. Elle ne supportait plus l'odeur de son corps, une odeur de sueur mêlée à leurs odeurs à eux. L'odeur de ce qu'elle sentait couler entre ses jambes. Elle ne voyait que trop bien ce liquide sécher et envahir ses pores ou bien à la faveur d'une plaie se mélanger à son sang. Le sang de l'intérieur de ses cuisses devait être mélangé à du sperme et pire ce dernier était probablement majoritaire désormais. Même la nuit, elle n'arrivait pas à chercher l'oubli. Par ces odeurs, ils la poursuivaient encore.

Le matin arriva, elle ne se souvenait pas s'être endormie. Une lueur parcimonieuse filtrait à travers les volets. Une nouvelle journée commençait. Elle ne savait comment elle se déroulerait. Seule, avec des visites sporadiques ou une journée qui sombrerait dans l'horreur la plus noire, s'ils venaient tous les trois. L'angoisse montait, desséchant sa bouche pourtant déjà tarie. Il fallait attendre, attendre pour savoir. Ce verbe définissait à lui seul son calvaire : attendre qu'ils arrivent, attendre qu'ils finissent, attendre qu'ils partent. Elle n'essayait plus d'appeler au secours désormais. À quoi bon, puisque personne ne réagissait ? Les murs étaient-ils si insonorisés que cela ? Les bruits des télévisions montaient bien mais pas les cris ?

Une journée atroce commençait. Ils étaient là, tous les trois. Avec appareil photo et caméscope. Elle ne soupira pas, mais se massa les poignets enfin déliés. Elle ne comptait rien, se laissant dériver comme un navire en perdition. Cette journée n'était qu'une suite de viols, de coups, d'humiliations, de tortures. Elle avalait ce qu'on lui disait d'avaler, se mettait dans les positions souhaitées, une machine à obéir parfaitement rodée. Elle était soulagée quand ils étaient tous les trois sur elle. Pas de photos, pas de films. Pas de traces. Elle n'avait jamais été intéressée par la pornographie. Elle lui reconnaissait certains avantages encore vagues dans son esprit. Jamais elle n'aurait imaginé que, tout juste majeure, son corps s'afficherait ainsi. Qu'elle se dévoilerait dans des poses suggestives. Elle avait beau tenter de faire abstraction de tout ce matériel, elle ne pouvait se défaire d'une idée fixe. Ces objectifs la violaient plus qu'eux ne pourraient jamais le faire et réduisaient à néant une pudeur déjà piétinée. Désormais, son corps serait à la disposition de quiconque désirerait voir ces photos. Une décharge publique pour fantasmes détraqués. Et, pourtant, on pourrait croire à son entière collaboration. Elle faisait tout ce qu'ils exigeaient : aucun refus, aucune velléité de révolte. Rien ne méritait un refus et les coups qui en découleraient. Ni les fellations étouffantes, ni les pénétrations à la chaîne. Elle dégoulinait de sperme, de sueur ou de sécrétions vaginales. Un mélange de fluides corporels inerte.

Leurs innombrables gémissements de plaisir rendaient totalement invisible l'absence des siens. Son corps était devenu le cercueil de son âme.

Elle était presque une machine, à un détail près, détail qui faisait toute la différence. Elle était capable de ressentir la douleur. Celle-ci augmentait au fur et à mesure des ramonages sans fin et des coups incessants. Le seul point inestimable à ses yeux : elle aurait à manger aujourd'hui. Elle ne rêvait pas à quelque chose de mangeable. Non, sa pitance serait assurée par un bout de pain rassis, aussi dur qu'une pierre et sans aucun goût, et le grand luxe d'un seul verre d'eau. Toutefois, elle mangeait, mourant de faim. C'était immonde mais elle avalait ; une résignation qui remettrait aux lendemains les décharges électriques montant droit à sa tête. Cette humiliation-là avait au moins une utilité : lui apporter des calories et des nutriments. Le reste de la journée passait, s'étirant en longueur. Son corps n'était qu'une douleur vive. Son estomac se soulevait devant ce qu'ils voulaient qu'elle avale ; ses poumons la brûlaient devant les multiples simulacres de noyade. Elle n'aspirait plus qu'à voir leur départ pour chercher l'oubli pendant quelques heures.

Combien de séances ignobles y avait-il déjà eues ? Sur combien de photographies et de mini-films pornographiques apparaissait-elle ? Elle ne saurait le dire. Et que feraient-ils de ceux-ci après sa mort ? Serait-elle condamnée à survivre indéfiniment dans ces immondes scènes ? Celles-ci s'étaleraient-elles sur le *dark web* ? Quand son calvaire prendrait-il fin ? Elle se doutait que ce serait au moment où elle ne les intéresserait plus. Mais, leur désir semblait toujours intact et surtout ils inventaient chaque jour de nouveaux sévices. Elle n'en pouvait plus mais elle tenait encore. Elle restait capable de souffrir, elle n'arrivait pas à devenir insensible. Elle leur confirmait ainsi qu'ils l'atteignaient encore, qu'il y avait toujours des parcelles d'elle vivante. Elle n'arrivait qu'à feindre d'être morte, elle n'arrivait pas à leur faire croire qu'elle l'était déjà.

Elle n'était pas encore assez apathique pour que tout lui soit égal. Elle souhaitait juste que cette apathie arrive enfin.

Et pourtant leur surveillance se relâchait. Elle avait, pour eux, rendu les armes. Elle accepterait, soumise, son sort. Ils n'en étaient pas à leur première victime et semblaient avoir reconnu ces signes incontestables. Elle accueillerait sa mort comme une délivrance après une encore longue et douloureuse agonie.

Ils ne la surveillaient plus aussi étroitement qu'avant. Elle l'avait remarqué mais elle attendait le moment opportun.

Au fond, elle voulait se convaincre que le bonheur l'attendrait derrière. Elle voulait être délivrée, c'était certain, mais souhaitait-elle encore vivre ? Elle avait peur de ce qui l'attendrait après, si jamais elle s'échappait vivante. Elle voulait s'échapper et mourir libre et non attendre la mort captive. Sa mort lui serait plus douce en n'étant pas enchaînée…

Ce moment se présenta, un jour comme un autre. Elle vacillait encore plus que d'habitude ; en réalité, elle tenait tout juste debout, secouée par d'intenses nausées accentuées par la douleur intense des lacérations de ses pieds. Plaies toujours réouvertes et qui ne cicatrisaient jamais. Soudain, elle vomit en jet sur la bâche et sur elle. Elle ne pouvait pas s'arrêter. Elle se recroquevilla sur elle-même, attendant qu'ils la rouent de coups. Elle s'attendait à ce qu'ils la forcent à ravaler ses vomissures et même à lécher par terre. Elle n'y pouvait rien mais elle savait déjà qu'elle le paierait cher. Et pourtant, ils paraissaient dégoûtés par l'odeur, trop pour se ruer sur elle. Ils ouvrirent la fenêtre et deux d'entre eux fuirent devant l'odeur nauséabonde, en la collant, sans surveillance rapprochée, contre cette fenêtre.

Même le dernier était à l'autre bout du studio. Il ne semblait absolument pas être centré sur sa surveillance, il ne suivait du regard aucun de ses gestes. Il paraissait indifférent à une possible tentative de fuite.

C'était maintenant ou jamais. Sa première chance de leur faire faux bond, sûrement l'unique occasion qu'ils lui laisseraient.

La liberté ou la mort. Elle prit une courte inspiration. Couverte de son vomi, elle bascula par la fenêtre.

Chapitre III

Elle profitait des pouvoirs hallucinogènes de son cerveau. Elle sentait la douceur d'un tissu sur sa peau. Elle n'avait pas mal, bien au contraire. Une douce chaleur enveloppait son corps. Ne surtout pas ouvrir les yeux, profiter au maximum de cette douce béatitude. Elle voulait la savourer le plus longtemps possible avant d'ouvrir les yeux et ainsi de retrouver sa triste réalité. Un moment volé à un océan d'inconfort et d'atrocités. Une fugace liberté inestimable, un éphémère si essentiel.

Comme, durant les premiers jours de sa captivité, où pour la dompter, ils ne lui avaient rien donné à boire pendant trois jours. Le dernier jour, elle avait senti son corps s'humidifier, elle sentait de l'eau ruisseler sur elle. Elle avait voulu profiter de ce qu'elle pensait être une hallucination opportune avant qu'un coup de poing ne lui fasse comprendre qu'on l'avait poussée sous le pommeau de douche.

Alors, en ce moment, il suffisait d'attendre tout en savourant. Plusieurs minutes passèrent ainsi, puis elle se décida à ouvrir les yeux. Prudemment, prête à les refermer à la moindre menace.

— Tiens, c'est bizarre, ils ont entrouvert les stores et ils m'ont habillée. Seraient-ils devenus plus humains pour me rendre ainsi un semblant de dignité ?

Elle ne se souvenait de rien. Mais un bruit bizarre la fit tenter de s'interroger. L'avaient-ils déplacée et dans ce cas, où était-elle ?

Attention, quelqu'un arrivait, elle referma les paupières. Allait-on lui asséner des coups de poing comme autrefois ? Non, au contraire, elle sentit une douce caresse sur sa joue.

— Vous êtes réveillée ? Comment vous sentez-vous ? Ouvrez les yeux… vous êtes en sécurité… Allez montrez-moi que vous me comprenez…

Une voix féminine ? Elle était morte, c'était cela, n'est-ce pas ? Elle avait gagné le paradis et elle entendait un ange.

Un ange qui finalement s'éloigna. Elle ouvrit les yeux, voulant goûter à cette douce félicité.

Le ciel était blanc et il y avait la chaude douceur du soleil et un lit. Un lit avec des draps blancs, un peu élimés. La peinture du mur s'était écaillée et le plafond avait quelques fissures. Les chambres étaient miteuses au paradis. Puis, sortant de cette torpeur, elle comprit enfin. Elle n'était pas morte, elle était à l'hôpital. Avaient-ils renoncé à l'assassiner ou mieux un voisin avait-il enfin décidé d'appeler la police ? Réfléchir lui donnait mal à la tête, elle se sentait vaseuse. Quelqu'un répondrait bien à ses questions le moment venu. Elle préféra soulever les draps pour y glisser un coup d'œil, révélant des bandages et les patchs du scope. Deux perfusions étaient pendues à chacun de ses bras.

La réalité fit jour : elle avait gagné, elle était vivante. Et cette victoire n'avait au fond pas de prix. Maintenant, qu'allait être son existence, elle qui avait depuis longtemps fait ses adieux à la vie ? Comment revient-on de l'enfer ? Comment refaire surface dans le monde des vivants ?

Quelqu'un entra ou plutôt plusieurs personnes entrèrent. Un coup d'œil en biais lui apprit sans surprise la venue de deux médecins et d'une infirmière, jetant un coup d'œil aux courbes sur l'écran avant de lui parler.

— Bonjour, vous êtes à l'hôpital. Vous souvenez-vous de ce qu'il s'est passé ? Comment vous appelez-vous ?

Allait-elle lui répondre que son nom était « sale suivi d'une insulte » ? Elle ne se souvenait plus comment répondre à une simple question ; ils avaient dû forcer sur les médicaments. Ou tout simplement avait-elle oublié comment répondre normalement à une question normale ? Répondre à une personne dénuée de pensées perverses et sadiques.

« Voyons, calme-toi, réfléchis. Donne ton nom ou au moins, inventes-en un. » Un long moment de silence passa, puis la mémoire lui revint.

— Je m'appelle Camille Védrine. J'ai 18 ans. Mais pourquoi suis-je ici ?

— Vous ne vous souvenez de rien ? Vous vous êtes défenestrée, il y a une semaine.

— Non, je n'ai aucun souvenir. Vous dîtes que j'ai sauté par la fenêtre. J'ai tenté de me suicider ?

— Pas exactement… Vous avez essayé de fuir… quelque chose. Vous ne vous souvenez de rien ? Vraiment de rien ?

Ses yeux se fermaient. Elle n'arrivait pas à parler. La somnolence l'envahissait.

— Je suis si fatiguée, je voudrais essayer de dormir. Pourrions-nous discuter demain seulement ?

— Je comprends.

Elle sentit un liquide qu'on lui injectait. Puis, l'obscurité se fit. Une bienheureuse obscurité où personne ne lui poserait de questions…

À l'entrée de cette chambre, se tenaient deux policiers, deux policiers qui auraient bien aimé lui poser quelques questions et qui, en désespoir de cause, interpellèrent les blouses blanches.

— Elle a dit quelque chose ?

— Son nom, Camille Védrine, 18 ans. C'est tout.

— Rien d'autre ? Elle a demandé pourquoi elle était là ?

— Elle a cru qu'elle avait fait une tentative de suicide. Il ne faut pas la brusquer, elle est très fragile. Un interrogatoire poussé n'est pas envisageable pour le moment. Il faut la laisser se reposer, lui permettre de récupérer…

— Il va bien falloir qu'on lui parle, ce n'est pas une chute qui l'a mis dans cet état ajouta le policier en levant le rapport médical.

— Écoutez, revenez demain après-midi. Je lui parlerai demain matin. En attendant, il vaut mieux la laisser dormir.

— Vous avez une idée de ce que vous lui direz ?

— La vérité. Toutefois, je ne sais pas comment vais-je aborder le sujet. Mon confrère psychiatre m'aidera. Il est inutile que vous restiez ici, nous sommes là pour veiller à sa sécurité.

Elle montre d'une main le personnel. Il était vrai que la jeune Camille était la principale source des commérages du service. Ils faisaient tous la queue pour la voir ou mieux lui parler.

Deux infirmières discutaient entre elles, indifférentes aux autres patients.

— Elle dit qu'elle a tenté de se suicider. Pas étonnant, elle a des marques de scarification sur les poignets.

— Elle a plutôt essayé de fuir. Tu as vu son état : les traces de coups, les cicatrices. Mon Dieu, comment réagirais-je si un détraqué martyrisait ma fille ?

— Tu crois que…

— Vous n'avez rien de mieux à faire !? s'insurgea le médecin. Laissez-la dormir et allez voir les autres patients du service. Eux aussi ont besoin de nous… Même si leurs cas sont moins intéressants pour les potins mondains du service, concéda-t-elle.

Elle se réveillait lentement. Elle s'étirait tout en faisant attention à ne pas arracher les diverses tubulures. C'était encore d'autres liens pour elle, mais des liens de vie. Elle se doutait bien que le moment des questions sans réponse arriverait très vite. Elle ne savait pas ce qu'elle répondrait ; ils en savaient autant qu'elle. En tout cas, la sensation intenable de souffrance avait disparu. C'était elle qui lui rappelait qu'elle était en vie autrefois. Son fil rouge en quelque sorte. Un réveil sans douleur, elle avait oublié depuis longtemps. Elle remercia la morphine, seul puissant antalgique connu d'elle.

Elle vit passer une aide-soignante qui voulut effectuer sa toilette et faire son lit. Elle aurait tant voulu refuser ces soins trop intimes mais, elle préféra se laisser faire. Elle détourna le regard, mortifiée.

Peu après, le médecin qu'elle avait vu la veille entra, encore accompagnée. C'était fou, elle se rendit compte que c'était une femme. Elle ne l'avait même pas remarqué la veille. Il y avait aussi une infirmière, avec un chariot. L'autre, le muet, devait être un psychiatre, elle y mettrait sa main à couper.

— Bonjour Camille. Comment allez-vous ?

Elle ne répondit rien. Le médecin s'éclaircit la voix. Elle avait passé une grande partie de la nuit à réfléchir à ses paroles. Elle ne voulait pas la braquer, elle la sentait déjà à fleur de peau. Elle ne pouvait être que fragile et perdue et elle ne souhaitait pas la faire souffrir davantage. Elle se lança :

— Vous êtes restée dans le coma pendant une semaine après votre chute…

La police viendra vous voir cet après-midi, dit-elle, espérant la voir réagir.

Espoir vite déçu, aucune réaction. Elle reprit, essayant de faire passer la gravité de la situation :

— Camille, vous vous doutez bien que vous avez été examinée à votre arrivée. Nous avons noté, euh… Vous étiez couverte de traces de coups, de cicatrices. Vous étiez dénutrie, déshydratée. Vous portiez les traces multiples d'abus sexuels répétés. Camille, vous savez ce qui s'est passé. Vous avez pu y échapper en sautant par la fenêtre, vous vous en souvenez, n'est-ce pas ?

Seul, le silence répondit. La jeune femme paraissait effrayée, trop terrorisée pour parler.

— Ils vont venir finir le travail, je devais mourir…

— Vous êtes en sécurité ici. Le danger réel est de les laisser en liberté, leur prochaine victime aura probablement moins de chance.

Elle se mordit les lèvres à son dernier mot. Elle passa son regard sur le corps bandé de cette presque enfant. Comment pouvait-on dire qu'elle avait eu de la chance ? Elle devrait essayer de lui faire comprendre le problème légal lié à son agression et non lui parler de sa chance. Lui dire que ce qu'on lui avait fait était illicite, lui faire comprendre qu'ils recommenceraient. Lui parler de tout ce qu'elle feignait d'ignorer, totalement asservie à sa détresse.

Une idée lui vint, un bon électrochoc lui serait peut-être salutaire.

— Je vais vous examiner, précisa-t-elle en défaisant les bandages.

« Je peux toujours tenter d'avoir une réponse ainsi » pensa-t-elle.

Sa poitrine était à présent débarrassée de ses pansements. Il était difficile d'imaginer un aussi triste spectacle. Ces seins n'avaient pratiquement plus rien d'humain. Tuméfiés, zébrés de cicatrices et une lettre écrite.

— Ce sont des brûlures de cigarettes ?

Elle connaissait la réponse mais l'acquiescement muet la surprit. La jeune victime venait enfin de lui répondre.

— Quelle lettre est-ce ? Une initiale ?

Elle est allongée et entravée. Ils parlent de la marquer pour s'en assurer définitivement la propriété. Ils voudraient la marquer au fer rouge comme un bovin. Ils veulent une marque d'infamie, mais ne sont pas d'accord pour le moment. Elle n'essaie pas de suivre leurs argumentaires respectifs sur où, quoi, comment... ils la marqueront bien assez tôt. Elle ne sait plus depuis combien de temps ils argumentent, essayant chacun de convaincre les autres que leur idée était la meilleure. Elle attend la décision ultime et, plus angoissant pour elle, l'exécution de cette décision. Elle tente de méditer, de s'éloigner de cette peur panique qui l'étreint. Comment diminuer une angoisse, alors qu'elle crève de peur ?

Ils s'approchent, elle espère tant que ça ira vite. Écrasement de cigarette après l'autre, ils achèvent leur œuvre, insensibles à ses cris. Non, pas insensibles, ils ricanent à chaque fois. La dernière cigarette s'écrase à la fois sur l'aréole et sur le mamelon. Ils

prennent le temps d'admirer leur œuvre qu'ils lui montreront à n'en pas douter. Elle n'est pas trop pressée de la voir.
Ils ont gravé un E, le E d'esclave apprendra-t-elle à la fin.
— Un E : le E d'esclave. Ils voulaient que je sache que je leur appartenais. Ils n'ont pas tort, qui voudrait de moi maintenant ? Je serai à eux jusqu'à ma mort…

Elle paraissait défaitiste, il était fort peu probable que toutes ces marques s'estompent et que personne ne puisse la regarder sans sursauter. À moins de rester habillée de pied en cap. Sa vie intime était déjà un élément d'un passé révolu. Une vie qui n'avait probablement pas encore commencé et qui était déjà finie. Ils s'étaient adjugé son envie de construire sa vie avec un futur compagnon, son désir d'être mère un jour.

Le médecin ne la contredisait pas. Elle continuait à l'examiner, zone par zone, révélant d'autres cicatrices. La patiente la laissait faire, elle avait juste tourné son visage vers le mur pour cacher son désarroi et masquer ses larmes. Elle ne souhaitait vraiment pas savoir son état, il lui semblait trop prématuré d'affronter sa nouvelle réalité. Des traces indélébiles qu'elle devrait affronter à chaque fois qu'elle se déshabillerait… Des opérations de reconstruction à envisager si jamais elle s'en sentait le courage. Elle s'imaginait déjà un avenir à entrer et sortir d'une salle d'opération. Sa misérable vie allait coûter une fortune à la collectivité.

Elle n'avait de toute façon aucune envie de se réapproprier son corps. Ils lui en avaient volé cette propriété et vu ce qu'ils en avaient fait, ils pouvaient la garder.

Des cicatrices à n'en plus finir, sans compter la plus importante et pourtant à peine dessinée, celle psychologique.

Sa vie serait marquée par l'enfer dont elle revenait. Elle était jeune, comment tenir des décennies, comment avoir une vie heureuse après cela ? Ils lui avaient aussi volé ce droit tellement intime, le droit au bonheur.

Chapitre IV

Deux policiers venaient d'entrer dans sa chambre. Ils tenaient une liasse de papiers à la main. Ils s'assirent et se présentèrent : le capitaine Louis Dubois et le lieutenant Henri Verneuil. Ils dégageaient tous deux une certaine force. Tous les deux grands avec une musculature développée. Elle essayait de dominer sa terreur muette. Elle détestait les biceps saillants, elle ne se souvenait que trop bien de la douleur des coups et de la force des strangulations. Se doutaient-ils de la peur qu'ils lui inspiraient ? N'avaient-ils pas conscience qu'elle avait peur des hommes à présent ?

Et, pourtant que leurs voix étaient douces et calmement posées. Elle n'avait plus l'habitude, un homme n'était pas plutôt censé l'insulter, hurler, la frapper ?

— Bonjour Camille, vous vous appelez bien Camille Védrine ?

— Oui.

Une réponse laconique. Que diable voulaient-ils vérifier ? Si elle mentait sur son identité ?

Le policier, aguerri, comprit qu'il valait mieux ne pas lui poser de questions. Il vaudrait mieux la laisser parler et noter ce qui pouvait être utile. Il serait toujours tant de rectifier le tir ensuite. Il s'éclaircit la voix :

— Pouvez-vous nous dire qui vous êtes, que s'est-il passé ?

— Je m'appelle Camille Védrine, je vais fêter (un bien grand mot) mes 19 ans dans neuf mois. Je suis étudiante en sciences politiques et en droit. Un double cursus. Pour ce qu'il s'est passé, je rentrais chez moi et on m'a séquestrée chez moi. Le reste, je crois que vous pouvez le deviner, désignant le rapport transmis par l'équipe médicale.

Il était inutile de confirmer. Néanmoins, elle semblait n'avoir rien d'autre à ajouter mais, eux, ils n'avaient rien. Mieux valait reprendre les rênes.

— On vous a séquestrée chez vous ? Où habitez-vous ? Quand était-ce ? Personne n'a cherché à vous joindre ? Personne ne s'est inquiété ?

Il n'arrivait pas à s'imaginer une génération hyper-connectée non vissée à son téléphone portable et aux réseaux sociaux. On pouvait disparaître sans laisser de traces autrefois mais pas dans le monde actuel. Elle mentait à n'en pas douter…

— C'était chez moi. Je vis 35 rue Guynemer à Toulouse. J'y ai aménagé il y a trois ans pour mes études. J'ai disparu le 20 mars. Quant à famille et amis, je n'ai ni l'un, ni l'autre. Mes parents sont morts dans un accident de la voie publique. J'avais 6 ans et j'ai passé mon enfance dans un foyer. Mes seuls amis sont mes livres. Eux, au moins, sont fidèles. Mais ils ne pouvaient pas réagir à ma disparition…

— Vous êtes orpheline et vous louez un appartement dans le plus beau quartier de la ville ? Vous étiez *escort girl*, n'est-ce pas ? Et un de vos contrats a mal tourné ?

Pour lui, tout était clair désormais. Elle avait joué avec le feu et s'était brûlée. Enfin, tout de même, elle avait disparu deux mois. Avait-elle été embauchée pour cette durée ? Où ce contrat a-t-il été rompu ? Où et quand avait-il dégénéré ? Comment avait-elle pu oublier les partiels de fin d'année et privilégier cette rentrée d'argent ?

Toutefois, sa belle théorie avait une faille et non des moindres.

Il voyait mal une escort se laisser torturer ainsi. Son corps ne valait plus rien à présent.

— Je ne suis pas ce que vous prétendez. Je loue ce studio grâce à l'assurance-vie de mes parents et j'ai mes bourses pour vivre. Des bourses du CROUS d'orphelin, cela permet d'assurer le quotidien. Pourquoi ai-je choisi d'habiter ici ? Pourquoi n'ai-je pas choisi une chambre d'étudiante du CROUS, plus abordable ?

Avez-vous la moindre idée de la situation ? D'être la pauvre orpheline au milieu de tous ces gamins, fils et filles à papa ? Je vivais dans leur quartier ; j'étais une des leurs, c'est simple. Qui aurait soupçonné que j'avais grandi à l'ASE ? Qui aurait suspecté que je ne sois pas comme eux ?

Personne et surtout pas mes camarades ultra-privilégiés. Mais, au fond de moi, je n'usurpe pas ma place. Mon père était ingénieur chimiste dans l'industrie pharmaceutique et ma mère avocate en droit de la famille. Ils étaient eux aussi orphelins et avaient réussi en partant de rien. Je devais faire honneur à leur mémoire et j'ai échoué.

— Vous n'y êtes pour rien. Et puis, vous reconstruirez autre chose. Vous êtes jeune, intelligente. Votre vie n'est pas finie.

Il aurait pu ajouter aussi très belle. Elle avait le teint clair, les yeux bleu azur et de magnifiques cheveux, aux anglaises parfaitement formées. Même ses cernes et sa pâleur ne lui ôtaient pas son charme. Sa maigreur était dérangeante mais c'était accessoire. Elle n'avait sûrement pas été nourrie régulièrement, durant sa captivité.

Il prit le temps de regarder à nouveau les photographies et de lire le rapport médical. Il voulait être sûr de poser les bonnes questions.

— Vous avez donc été séquestrée deux mois ?

Cette durée était hallucinante et pourtant tellement cohérente avec ce qu'il avait vu sur les photographies prises à son arrivée.

Elle avait dû hurler et personne n'avait rien fait ? Il se promit de vérifier les rapports d'incidents autour du domicile de la victime.

— Je ne sais pas combien de temps. J'ignore quel jour on est.

— Le 29 mai. Vous vous êtes défenestrée le 21 mai. Avez-vous tenté de vous échapper ou vous a-t-on poussée ?

Au vu des circonstances, une tentative de meurtre n'était pas exclue. Trop abîmée, elle ne devait plus être source de leurs fantasmes.

— Non, j'ai sauté. Je voulais que tout s'arrête.

— Combien étaient-ils ? Les connaissiez-vous ?

— Trois, tous inconnus. Il est inutile de me demander ce qu'ils ont fait…

— Personne n'a rien dit ? Personne n'a prévenu les secours ?

Il n'arrivait pas à comprendre. Un tel attentisme le laissait sans voix.

— Non. Et pourtant, ce n'était pas un film muet.

— Vous souvenez-vous d'un détail qui permettrait de les identifier ?

— Non, ils étaient lisses et terriblement normaux. Par contre, ils savaient qu'aucun voisin ne tenterait rien pour me secourir. À aucun moment, ils n'ont paru inquiets. Ils étaient si sûrs d'eux. Sûrs d'avoir choisi la bonne victime, sûrs de leur bon droit. J'ai passé deux mois à satisfaire les moindres exigences de monstres qui étaient certains de leur impunité.

Elle préféra ne pas parler des photos, ni même de détailler les sévices. Au fond, ce n'était pas difficile de les imaginer.

— Vous pensez que vous n'avez pas été la seule ?

— C'est une certitude. Sinon, comment auraient-ils su que personne ne réagirait ?

L'hypothèse se tenait mais alors où étaient les autres ? Étaient-elles en vie ou avaient-elles disparu sans laisser de traces ? Comment plusieurs jeunes filles pouvaient-elles se volatiliser dans le monde actuel ? Sans manquer à personne ? Elle était étudiante pas SDF !

Le capitaine Dubois sentait qu'il tenait peut-être l'enquête de sa carrière. La prochaine étape : se rendre au 35 rue Guynemer.

Les deux policiers se tenaient devant un immeuble cossu. Immeuble ultra-chic, aux superbes moulures. Il n'avait rien à envier à la Place du Capitole, ni aux immeubles haussmanniens de la capitale.

— On ne risque pas d'acheter ici avec notre salaire de fonctionnaire ! murmura le lieutenant Verneuil. Comment a-t-elle réussi à se loger là ?

— Avec l'assurance-vie de ses parents. Information à vérifier d'ailleurs. Voilà, studio 248. 2e étage.

La porte n'était pas fermée. Ils entrèrent. Il n'y avait rien à signaler, rien de rien. Tout était propre, il y flottait même une forte odeur de produits détergents. Le lit était défait et les draps avaient disparu. La couette était pliée au pied du matelas. Aucun désordre, tout était net et rangé. Le portefeuille de Camille était posé sur le bureau, comme abandonné. Il n'y avait rien, quelques livres de droit étaient posés par terre et des feuilles blanches avaient pris place sur le bureau à côté d'un ordinateur portable. Le studio d'un étudiant en pleine révision, pas vraiment celui d'une victime de tortures. Des aliments non périmés traînaient dans le réfrigérateur. Ils étaient même parfaitement ordonnés.

— Tu penses la même chose que moi ? C'est trop propre.

— Oui, soit elle nous ment soit quelqu'un s'est donné beaucoup de mal pour la discréditer.

— Elle ne ment pas, tu as vu comme moi son état physique. Je suis sûr que c'est une mise en scène. D'ailleurs j'ai du mal à imaginer un studio d'étudiant aussi propre et net. Pour moi, c'est effectivement une scène de crime trop bien nettoyée. Et c'est là que le bât blesse. Qui est au courant de l'histoire de Camille ?

— L'équipe soignante, le procureur et nous. Mais, je ne vois pas à quoi tu penses de répréhensible ?

— Ils l'ont vu sauter, pas vrai ? Ils auraient pu tout laisser et fuir, pas vrai ? Non, ils auraient dû fuir et ne surtout pas revenir ici. Or, il y en a au moins un qui est revenu tout nettoyer et faire les courses…

— Ils veulent qu'on doute de la véracité de sa version…

— Comment savent-ils qu'on a un début de déposition ? Comment savent-ils qu'elle est vivante ?

— Tu crois qu'ils ont une taupe ? Ils pourraient la faire taire ?

— En tout cas, il n'est pas question qu'elle quitte le service de réanimation, endroit sécur' pour elle.

Faisons quand même venir la police scientifique. Le sang se nettoie mal. En attendant, tu iras à l'hôpital pour parler avec le médecin et avec Camille. Moi, j'ai rendez-vous avec le responsable des troisièmes années de Sciences Po. Je veux toujours comprendre comment elle a pu se volatiliser, y compris scolairement. Et, ouvre l'œil… Pas question qu'on la tue, pas après ce qu'on lui a fait.

Le capitaine Dubois avait été introduit dans le bureau de la responsable pédagogique. Une femme hautaine, la soixantaine, glaciale dans son tailleur gris. Un tailleur de luxe, un Chanel probablement. Il ne connaissait pas d'autre grand créateur haute couture. Plus froide qu'un glaçon, avec son air pincé. Elle n'avait que mépris pour un simple flic, elle paraissait furieuse d'être dérangée par un simple capitaine.

— Que voulez-vous, capitaine ?

Il prit un fauteuil, fauteuil qu'elle ne lui avait même pas proposé par respect. Il semblait évident pour elle qu'elle avait été dérangée à tort et que l'entretien ne s'éterniserait pas.

— Je suis chargé d'enquêter sur l'agression de Mlle Védrine.

— Oh, Mlle Védrine…

Elle paraissait déçue. Non pas déçue, méprisante…

— Elle a disparu, il y a deux mois. Elle est à l'hôpital, très amochée. Pourquoi ne vous êtes-vous pas inquiétée ? Vous saviez qu'elle avait disparu ?

Ce n'était même pas une question. Elle le savait. Impossible de manquer une absence aussi prolongée dans une grande école avec des promotions à taille humaine.

— Écoutez, je ne sais pas trop ce qu'elle vous a raconté pour que vous vous déplaciez jusqu'ici. Mais, je suis certaine que notre école n'est pas en faute. Elle accuse qui ? Alors, vous me répondez ?, cria-t-elle impatiente. Elle a dit quoi ?

— Elle, pas grand-chose malheureusement. Je faisais référence au rapport médical…

— Elle vous ment, comme elle a menti à tout le monde ici. Elle s'est inventé des parents, de l'argent. Elle est mythomane. Non, ne m'interrompez pas !

L'exécuteur testamentaire de ses parents est un camarade de promotion. Je sais tout : elle est orpheline et a grandi dans un foyer. Elle s'est servi de l'argent de ses parents pour s'offrir une vie dans le quartier d'où sont issus nos étudiants. Elle s'est fait passer pour une fille de bonne famille. Elle s'est rendu compte que ses résultats n'étaient pas à la hauteur. Elle avait beau essayer, elle n'avait pas la culture de ses camarades de promotion. Lire beaucoup ne suffit pas. Elle n'avait aucune expérience réelle, aucun voyage à l'étranger, excepté ceux qu'elle s'était inventés…

— Elle a bien passé et réussi le concours d'entrée ? Les places sont limitées dans une grande école…

— Bien entendu. Elle avait 15 ans et un bac mention très bien avec félicitations du jury. 18 de moyenne générale. Nous aimons les étudiants brillants ; il faut avoir un esprit vif pour un double cursus. Elle nous en a donné l'impression. Mais, ne vous y fiez pas : elle a probablement falsifié son dossier scolaire. Elle a peut-être payé ses profs, pour redorer un dossier scolaire banal…

— Et, pour vous, il existe une indulgence pour les orphelins de l'ASE ?

— Oh, sûrement… nous ne l'aurions pas accepté si nous avions su la vérité…

— Et pourquoi ? Les enfants malheureux n'ont pas le droit d'être brillants, ni d'avoir un bel avenir ?

— Une telle personne ne doit pas se faire passer pour ce qu'elle n'est pas. Les filières professionnelles ont bien été créées pour eux… Poursuivre des études supérieures coûte cher, très cher… Vous ne vous demandez pas comment elle payait tous les livres demandés à racheter tous les ans ? Comment s'achetait-elle ses tailleurs pour ses stages ?

— Avec ses bourses du CROUS…

— Laissez-moi rire ! Avec ses bourses ! Elle devait plutôt se prostituer à mon avis. Elle s'est fait amocher, fin de l'histoire… C'est une perte de temps, croyez-moi. Vous avez sûrement de vraies victimes, termina-t-elle en insistant sur le « vraies ».

Elle avait déversé sa bile ; elle ne lui apprendrait rien. Il se promit de ne pas oublier la haine et le mépris de cette responsable, plus venimeuse qu'un mamba noir. Il était préférable de retourner à l'hôpital. Henri avait peut-être eu plus de chance.

Il était assis à côté de la jeune fille qui dormait, la regardant pensivement.

— Tu as appris quoi ?

— C'est une mythomane qui mentait, qui a menti à tout le monde. Elle se faisait passer pour « quelqu'un de bien ». Elle a dû falsifier son dossier et s'apercevoir qu'elle n'était pas à la hauteur. Ah oui, selon la responsable pédagogique, elle devait se prostituer et il est donc inutile d'enquêter. Avec une amie comme elle, tu n'as pas besoin d'ennemi. Et toi ?

— J'ai eu la police scientifique. Quelques misérables traces de sang, sinon rien. Aucun signalement d'incidents à cette adresse. Aucun voisin n'a rien vu, ni entendu de suspect. On n'a rien, rien de rien…

— Tu as pu lui parler ?

— Non, elle est sédatée. Un des médecins est passé l'examiner. Elle s'est mise à hurler qu'il venait la tuer. Il a été impossible de la calmer. Le Dr Thomas était si ennuyé. Il s'est excusé à plusieurs reprises mais il pense qu'il faudrait l'interner pour quelque temps. Il n'a pas tort d'ailleurs.

— Une fois là-bas, qui l'écoutera, qui l'aidera ? Que deviendra sa plainte ?

— Je ne suis pas aussi gradé que toi mais je pense que c'est mal parti. À part sa version et les séquelles, on n'a rien. Quasiment pas de sang, un appartement propre et une victime qualifiée de mythomane.

Tu crois que le procureur t'autorisera à enquêter, à dilapider ainsi de l'argent public ? À chercher une piste au hasard ?

Ne te fais pas de faux espoirs, ce ne sera pas l'enquête de ta vie. Peu importe qu'elle dise la vérité ou pas, il faudra bien arrêter. On ne peut pas se battre contre des moulins à vent… Elle a survécu, elle est en vie. Nous n'aurons rien de mieux à lui offrir…

Le lieutenant Verneuil avait raison ; le dossier fut classé sans suite. Le capitaine revint une dernière fois la voir. Elle dormait toujours, il posa les vêtements pris chez elle par terre. Il ne souhaitait nullement s'attarder. Il ne voulait pas être là à son réveil ; il ne voulait pas être celui qui lui annoncerait que c'était déjà fini. Que la police avait fait son travail mais que celui-ci ne suffirait pas.

Dehors, il rencontra le Dr Thomas, le responsable de sa crise. Il s'excusa d'avoir voulu lui parler, il s'excusa de sa décompensation. Il jugeait toutefois plus opportun de la confier à la psychiatrie, plus compétente pour l'aider. Il apprit, surpris, que les investigations s'arrêteraient là.

— Mais enfin, vous avez vu son état ? Comment peut-on classer sans suite une telle violence ? Je ne comprends pas…

— Aucun témoin, aucune preuve. À part son état physique. On ne peut pas interroger toute la résidence, aller à la pêche au hasard pour avoir un début de piste…

Soignez-la, c'est tout ce qu'on peut faire pour elle à présent. Elle va devoir se reconstruire sans qu'on lui rende justice.

Il esquissa un sourire satisfait. Que ces flics étaient stupides… Son petit secret resterait à l'abri.

Le soir, il s'arrêta au 35 rue Guynemer et entra voir son ami Rachid.

— Tu es allé la voir, pas vrai ? Mais enfin, t'es con ; elle connaît ton nom…

— Et qui suspecterait un médecin ?! Oui, je l'ai vue et elle m'a reconnu. Elle s'est mise à hurler : « ne m'approchez pas, au secours, ils veulent me tuer ! » Elle a rameuté presque tout l'étage avec ses hurlements. On aurait pu croire qu'elle avait vu le diable…

— C'est ce que tu es pour elle, le diable. Et personne ne t'a vu ? Personne ne t'a rien demandé ?

— Mais si, tout le monde, au contraire. Il m'a suffi de prétendre que je devais ressembler à un de ses bourreaux et suggérer un transfert en psychiatrie.

— Je n'aime pas cela. Elle sait que j'habite ici et elle connaît ton nom. En allant la voir, tu aurais dû l'achever.

— Ce n'est pas facile de tuer quelqu'un en réanimation, tu t'imagines quoi, toi ? Il y a des capteurs et du monde, beaucoup de monde. Il n'y a que dans un film que tu peux assassiner une personne dans ce service.

Et puis c'était si drôle, elle hurlait, elle ne pouvait plus s'arrêter. Une belle crise de folie paranoïaque. On a réussi à la pousser dans les bras de la folie, ses bras se refermeront sur elle pour longtemps.

De plus, on a tellement bien nettoyé son studio et fait une belle mise en scène. L'affaire est classée sans suite. Et les cachetons vont vite la transformer en zombie, tu verras. Surtout, s'ils sont persuadés qu'elle ment, qu'elle a inventé tout cela…

— Son agression est classée sans suite, tu es certain de ce que tu avances ?

— Aucune piste, aucune preuve. Il est tellement plus facile de classer, de l'envoyer au diable…

La justice lui a offert tout ce qu'elle pouvait. Il va bien falloir qu'elle s'en contente. Il n'y a rien, aucune preuve, aucune piste.

Et puis, elle comprendra que dans ce genre d'affaires, être jeune n'est pas un atout. Aux yeux de l'opinion générale, elle passera pour la responsable principale.

Classer sans suites lui évitera l'opprobre général. Pour la réparation, qu'elle se débrouille seule…

Chapitre V

Camille se réveillait lentement, elle émergeait d'un trop lourd sommeil. Elle ne savait pas où elle était. Elle n'était plus à l'hôpital, où donc était-elle cette fois ?

Soudain, elle se souvint. Ce médecin qui était entré dans sa chambre, sa terreur, ses hurlements. Son sentiment de devoir fuir devant une menace réelle. Son sourire sadique qu'il lui avait si souvent adressé. Avait-elle rêvé tout cela ? Était-elle devenue folle ?

Elle pouvait en douter et pourtant, elle savait qu'elle l'avait bien vu. Elle connaissait son nom, Dr Thomas. Elle doutait que quelqu'un puisse un jour la croire.

Elle voulut se lever mais se rendit compte qu'elle était entravée. Elle était encore attachée. Elle n'avait pas encore été séquestrée sans possibilité de fuir ?

Ne voyant aucune autre issue, elle opta pour l'évasion mentale. Son esprit vagabonda.

Elle n'a pas obtempéré assez vite. Tout est minuté selon leurs critères personnels. Le timing est choisi pour qu'elle ne puisse jamais le respecter. Elle le sait mais cela ne l'empêche pas de se morigéner. Elle doit aller plus vite. Ils ont tous les droits, tous les pouvoirs ; elle n'a que celui de se taire et d'obéir. Elle a encore failli. Elle attend la sentence, espérant une infime clémence.

Il prend une rallonge électrique. Elle voit ces biceps saillants. Il lève son bras et abat son arme. Claquement, douleur. Par réflexe, elle croise ses bras contre sa poitrine. Le premier coup sera pour ses avant-bras. Elle sait déjà que cet infime acte de rébellion lui sera facturé. Il lui attache les poignets derrière le dos. Le deuxième coup s'abat sur ses seins. Un troisième, puis d'autres. Il frappera jusqu'à avoir mal aux bras. Inutile de compter. Elle voudrait ne pas crier mais n'y arrive pas. Elle gémit sourdement, sur le sol. Il s'est enfin arrêté, lui donne un ordre qu'elle est incapable de comprendre. Il l'étrangle de rage. Elle ne peut plus respirer...

Elle se réveilla en hurlant. Inutile de crier, personne n'entendrait rien. Elle se trompait, une personne accourut.

Elle voulut se faire toute petite, il ne la verrait peut-être pas.

— Bonjour Camille, vous êtes à l'hôpital psychiatrique. Nous vous détacherons dès que vous aurez vu un médecin.

Génial, elle avait atterri chez les fous. La pensait-on aliénée, elle aussi ?

— Je ne suis pas folle. Détachez-moi et laissez-moi partir. Qui décide ici ?

— Le Dr Lefèvre. Vous l'avez déjà vu au service de réanimation du CHU. Et personne ne vous croit folle. Seulement, au vu de votre histoire, il est probable que vous ayez besoin d'aide.

Le docteur entra, elle reconnut sans surprise l'homme muet déjà aperçu.

— Bonjour Camille (il parle le muet ?!), vous avez été transférée ici, après votre petite crise psychotique d'il y a deux jours. Vous aviez cru qu'un médecin venu vous soigner était venu vous tuer. Vous vous rappelez ?

Oui, elle se souvenait, il était réellement venu la tuer. Mais qui la croirait, qui croirait une cinglée ?

— Camille, il est normal que vous ayez peur, après ce que vous avez traversé. Votre psychisme a autant souffert que votre corps. Il vous faudra du temps et une aide appropriée pour cicatriser vos traumas. Nous pouvons vous aider que ce soit physiquement ou psychologiquement.

— Physiquement… ?

— Les infirmiers sont parfaitement aptes à suivre le plan transmis par le CHU et il y a aussi un médecin généraliste. Quant à l'autre versant…

— En un mot comme en cent, je ne suis pas folle…

— Il n'y a pas de fous ici, il n'y a que des gens malades et nous les soignons. Camille, étant donné les avis des personnes interrogées par la police, il semblerait que vous confondiez fantasme et réalité.

— Je suis folle, je veux attirer l'attention et je me suis charcutée toute seule. C'est cela que vous pensez, que vous pensez tous ?

— Il faut reconnaître que cela reste une hypothèse valable. D'autant plus que vous avez pris une personne bien intentionnée pour un assassin…

— Je ne suis pas folle…

Elle hurlait en désespoir de cause. Le psychiatre choisit l'apaisement et reprit d'une voix calme :

— Nous avons décidé de commencer par un traitement assez doux associant anxiolytiques, antidépresseurs et un léger somnifère. Nous verrons s'il faudra y ajouter un neuroleptique plus tard. Avant que je ne vous détache pour prendre vos médicaments, je précise que tous les cachets existent en version injectable pour le cas où vous ne vous montreriez pas raisonnable.

C'était plus sûr. Elle choisit de les avaler. Elle demanda juste si elle pouvait rester dans sa chambre. Ne pas se mêler aux autres. On confirma, elle pouvait rester ici.

Elle prit la peine de détailler son nouvel espace. Un lit, une table de chevet, une table, une chaise. Pire qu'une cellule de prison. Elle était emprisonnée. Ne se trompait-on pas de coupable ? Elle allait disjoncter ici…

Soudain, elle aperçut des sacs posés par terre. Elle les reconnut sans peine.

— Les policiers sont passés chez vous ; ils ont pensé que cela vous serait utile. Non, n'y touchez pas, nous devons faire l'inventaire précis, précisa l'infirmière en vidant tout sur le lit.

« Allait-elle penser que je méritais ce qui m'est arrivé en voyant les dentelles de mes sous-vêtements ? pensa Camille. Pourquoi une fille innocente aurait-elle cela ? Pourquoi ? Car j'ai passé l'âge d'être une petite fille… »

Tout fut noté, répertorié, même le numéro de sa carte bancaire, ses livres. Elle remercia mentalement le policier qui lui avait pris ses livres, ses feuilles de cours et son ordinateur portable. Elle aurait de quoi occuper ses journées.

Toutes ses affaires furent rangées. Elle voulut allumer son ordinateur mais des brumes commençaient à envahir sa tête. Elle resta allongée, immobile. Les brumes gagnèrent, sans surprise.

Les jours se succédèrent. Elle était de plus en plus vaseuse. Elle n'arrivait plus à fixer ses pensées. Elle laissait couler un filet de salive sur son menton ; ce n'était pas qu'elle voulait la laisser. Elle ne pensait jamais à l'essuyer, devenue un zombie, sans cerveau aux commandes. Elle vivait dans un cauchemar brumeux et flou…

Larmes, réminiscences, brumes. Son quotidien se résumait à cela et aux visites quotidiennes du personnel soignant.

Tous les jours, elle essayait au minimum de s'occuper d'elle. Son cauchemar commençait dès l'aube avec une douche.

Une douche par jour. Le seul moment de douceur éphémère. Elle boit sans aucune précaution. Elle meurt de soif. Il hurle. Coince son visage contre le jet d'eau variant la température au gré de ses lubies. Glacé, brûlant. Elle ne peut plus respirer, commence à s'étouffer. Il la sort et commence à cogner.

Première crise d'angoisse. Elle évitait désormais de se doucher. Elle n'avait aucune prise sur l'instant présent. Le moindre moment la ramenait au passé.

Visite du psy qui lui posait trop de questions, il voulait qu'elle lui parle du début. Comment pouvait-on traduire cela en mots ?

Ils la poussent dans son appartement. Ils la frappent, elle tente de fuir. Elle n'y arrive pas. Il y en a toujours un pour la rattraper. Elle voudrait crier mais n'y arrive pas. Elle sent son cœur s'accélérer, il se décroche dans sa poitrine. Elle préfère abandonner, faire abstraction de leurs mains qui la palpent sans égard.
Ils la déshabillent et l'allongent sur son lit. Six mains, trois bouches. Elle est prisonnière au centre d'une gigantesque toile d'araignée. Les araignées la caressent, l'embrassent. Son esprit a disjoncté, elle n'est plus qu'un corps abandonné. Elle enlève au fur et à mesure toutes les parties dont ils ont acquis la propriété : ses mains, sa bouche, ses seins. Ils ne se lassent pas de faire courir leurs mains sur elle. Leurs mains qu'ils glissent entre ses jambes, leurs yeux qui la fixent, impudiquement. Elle est comme toutes les femmes, elle ignore à quoi elle ressemble. Elle ne connaît que les dessins anatomiques des cours du lycée. Ils savent quelque chose qui lui fait défaut. Mais, ils s'arrêtent brusquement.
Jamais, elle n'a été aussi soulagée d'être une femme avec ses cycles menstruels. Cela suffira peut-être à la sauver…
Mais, ils rient, la mettent à genoux, exigent une première fellation. La première pour elle. Elle a envie de vomir, elle voudrait le mordre mais elle a peur. Alors, elle s'exécute. Rebutée par l'odeur d'urine, écœurée par leurs commentaires dégradants :
« Putain, tu es vraiment une pute, tu suces bien… »
On la pousse à plat ventre sur le lit ; terrifiée, elle se raidit et instinctivement contracte… d'une poussée, il s'enfonce en elle. Elle a l'impression de s'ouvrir en deux. Elle souhaite que ses parents ne puissent pas la voir ainsi. Il la déchire puis s'arrête brusquement. Il a fini, elle ne s'en est même pas rendu compte, laissant sa place au deuxième. Elle voudrait crier, appeler à l'aide mais n'y arrive pas.

N'ose pas imaginer qu'une personne étrangère puisse la voir dans ce moment humiliant. Puis, le dernier. Elle a si mal, elle ne sait plus où elle en est, ni si elle est encore vivante. On l'oblige à se relever, elle tient plus ou moins debout. Elle sent leur sperme couler. Elle se sent avilie, désormais si salie qu'aucun détergent au monde ne lui rendra jamais une sensation de propreté. Deux mains anonymes la poussent sous la douche. Elle frotte mécaniquement, elle voudrait s'arracher la peau : le visage d'abord, ses mains, sa poitrine, sa vulve, ses fesses. Elle voudrait effacer la sensation de leurs mains, de leurs bouches, de leurs sexes. Effacer celle de leur semence. Elle regrette de ne pas avoir d'eau de javel sous la main.

En son absence, ils ont tout prévu, étalé une bâche en plastique sur son lit. Ils l'attachent, nue, à son lit. Ils l'embrassent, lui assurent qu'ils reviendront. Elle est seule, elle est encore vierge, elle a au moins réussi à la préserver.

Aucun mot ne pourrait traduire son dégoût. D'ailleurs, comment pourrait-on décrire cela à un homme ? Il ne pourrait jamais comprendre ; il ne s'est jamais demandé comment il réagirait si jamais… Il n'a jamais rêvé à cette scène, qui a, au moins, une fois, hanté chaque femme. Là-dessus, ils ont un point commun, elle n'a pas eu le temps d'y rêver, elle non plus. Elle n'en a pas eu le temps.

Elle a reniflé ses mains, elle jugerait qu'elles sont couvertes de sperme. Elle s'enfuit du bureau, elle devait se frotter, se frotter à s'écorcher la peau.

Le psy ne chercha pas à la retenir, elle était encore avec eux. Physiquement ici, psychologiquement ailleurs. Elle n'avait encore pas fui cet enfer, le fuirait-elle un jour ?

Il y avait aussi les séances avec la psychologue. Une femme, là, qui essayait de la faire parler. Elle devait exprimer son traumatisme, ils en étaient persuadés. Elle l'était beaucoup moins. À quoi lui servirait-il de parler, d'exprimer ses plus horribles pensées ?

— Vous savez, je suis une femme comme vous (non, elle ne l'avait pas remarqué !). Je peux vous comprendre…

— Vous pouvez me comprendre ! Vous pouvez me comprendre ! Vous osez y croire. Vous avez été séquestrée, vous avez été violée à la chaîne, on vous a déjà rouée de coups, vous avez déjà été torturée ?… Non et encore non, alors ne me dites pas que vous me comprenez.

Elle ne pouvait plus s'arrêter…

— On vous a déjà fait bouffer des excréments, on vous a déjà fait bouffer votre vomi. Vous avez déjà senti des litres de sperme couler le long de vos cuisses, de votre visage. On a déjà essayé de vous noyer…

La psychologue avait blêmi. C'était une chose de s'imaginer, une autre de l'entendre. Une autre chose d'entendre une victime crier son désarroi et son désespoir…

— Vous ne pouvez pas m'aider, c'est inutile.

— Plus tard, peut-être. Nous irons à votre rythme…

— Il n'y aura pas de plus tard. Je n'ai rien à vous dire…

Elle comptait plus sur la chimie pour l'abrutir. Elle se sentait ainsi plus proche de son père. Avait-il mis au point de telles molécules pour abrutir les malades ?

L'aurait-il pris dans ses bras ? Lui aurait-il pardonné son raidissement physique ?

Sa mère aurait-elle pu apaiser ses tourments ? N'aurait-elle pas eu honte d'elle ?

Les mois passèrent, elle était littéralement shootée aux benzodiazépines. La camisole chimique la maintenait à flot. Elle se sentait en sécurité au sein de ce pavillon. Il y était impossible d'y pénétrer.

Ils ne viendraient pas la rayer de la surface de la Terre. Elle n'avait qu'une pensée pour leurs autres victimes. Elle en appelait à leur miséricorde, elle avait essayé de les stopper dans leur course mortifère. Elle n'avait pas réussi.

Ses cauchemars s'estompaient mais ne disparurent pas. Elle s'y était habituée. Elle se réveillait plusieurs fois par semaine en sursaut. Réveillée en sursaut pas le poids d'un corps qu'elle sentait peser sur elle. Salie par les sécrétions vaginales qu'elle sentait couler ; pour un peu, elle jugerait qu'ils l'avaient encore abusée.

Elle recommençait à sortir, toujours sur le qui-vive. Elle s'attendait à ce qu'on l'entraîne à l'écart à n'importe quel moment. Elle sursautait au moindre bruit, rasant les murs. Elle fuyait les rues désertes mais fuyait aussi les centres commerciaux trop bondés.

Elle apaisait ses angoisses en se gavant comme une oie. Elle se faisait vomir ensuite. Elle était devenue boulimique mais personne ne le remarquait.

Elle avait commencé à se scarifier. Au départ, c'était juste pour faire une cicatrice indépendante d'eux. Elle n'avait jamais arrêté. Le reste de sa vie se passerait sous l'égide de la psychiatrie.

Chapitre VI

Rachid, Paul et Antoine discutaient vivement.

— Il serait temps de reprendre nos activités. Tout cela me manque…

— Cela fait deux ans à peine. Tes stagiaires ne te suffisent plus ?

— Je n'ai que quelques minutes avec elles. Elles ont tout juste le temps de réaliser que je dois déjà les laisser. J'aime prendre mon temps et pouvoir donner libre cours à mes envies. Toi aussi, pas vrai ?

— C'est vrai et en plus j'en ai assez de me branler sur les films ou les photos… Mais, ce n'est pas un peu trop dangereux ? Elle est où ?

— Toujours à l'hôpital psychiatrique. Elle a trouvé un endroit sécurisant pour elle, une chambre d'hôpital et un filet de sécurité, les médicaments. Je le tiens de son psy…

— Alors, on ne risque rien ?! Mais pour en séquestrer une, c'est loupé. Le studio a été loué à un étudiant, le fils d'un ami. Aucun de nous n'est devenu gay entre-temps ? Quoique, toi, Paul, tu pourrais…

— Je préfère une femme. Encore que oui un jour, il faudrait que j'essaye… Allez, on part en virée. Antoine, tu dors ?

Il saisit un bout de tissu au passage. Ses deux compères le suivirent intrigués. Paul avait toujours une longueur d'avance.

Il les embarqua, direction le CHU.

— Fêtons mon dernier jour. On veut s'amuser, donc on va s'amuser. J'embauche demain à la clinique de chirurgie esthétique. Je remplace les formes fermes de mes internes contre des vieilles qui ont besoin d'un bon ravalement de façade. Ridées, les seins flasques qui tombent. Il va me falloir un flacon de Viagra pour les trouver attirantes… Et encore, je ne suis pas certain d'y arriver même s'il n'y avait plus qu'elles sur cette terre.

— Et c'est ça ta fête ! T'écouter te plaindre des ravages de la vieillesse… Si c'est ça, je m'en vais…

— Attends un peu… Une interne passe par ce coin sombre tous les jours en sortant de sa garde. Il y a une remise désaffectée un peu plus loin. Ce ne sera que pour quelques heures mais on peut toujours rigoler…

— Et tu veux lui sauter dessus comme ça en plein jour ?

— Avec un peu d'aide toutefois…

Il sortit une seringue remplie d'un liquide.

— Un léger sédatif, d'une durée de vie de quinze minutes. Il ne faudra pas traîner pour la porter à l'abri… Et après une petite injection de Rivotril si jamais elle ne coopérait pas. Ça annihilera sa résistance, une sorte de drogue du viol…

— C'est bien, ainsi, ils chercheront un membre du corps médical… Tu peux tout de suite dire que c'est toi… Tu as déjà oublié les affaires qui ont été enterrées ?

— Ce médoc a été prescrit comme des bonbons : aux épileptiques, aux malades psychiatriques… Tu en trouves aussi dans la rue… La trace de l'aiguille du sédatif, il faut savoir la dissimuler, à la base des cheveux. Ensuite, le Rivotril, on lui mettra dans la bouche pour qu'elle l'avale… Personne ne passe par ici, je te dis… Et puis j'ai ça, désignant d'une main trois cagoules dignes de l'ETA. Je ne veux pas prendre de risques, elle sait sûrement qui je suis… Attention, elle arrive. Bougez pas…

Il s'avança au-devant d'elle vers une encoignure sombre. Elle lui jeta un vague coup d'œil. Elle murmura un vague salut quand il voulut la saluer. Trois secondes plus tard, elle s'était écroulée dans ses bras. Tranquillisant rapide… Ils la portèrent jusqu'à cette remise. Froide, sombre, humide, peu engageante.

Elle n'avait probablement jamais servi depuis cinquante ans au moins. Elle était tombée dans l'oubli…

Paul fouillait dans son sac. Elle s'appelait Cécile et avait 26 ans. Brune, cheveux courts, menue, taille moyenne. Antoine et Rachid la déshabillèrent. Inutile de perdre du temps. Elle commençait à émerger. Ils lui lièrent les poignets derrière le dos. Avec son soutien-gorge. La bonne longueur, légèrement élastique, solide, tellement aisé de s'en servir. En plus, rares sont les femmes à ne pas en mettre un. À croire qu'il avait aussi été créé pour cela… Faute de mieux, ils lui fourrèrent son string dans la bouche. Elle était déjà prête à l'emploi. Il ne restait plus qu'à savoir si elle serait coopérative. Le froid finit par la réveiller, elle murmura vaguement quelques mots. Des mots inarticulés avant d'ouvrir les yeux. Elle eut un infime sursaut, l'obscurité, le froid, l'humidité et trois visages cachés par des cagoules. Elle frissonna de froid, de peur. Plusieurs mains anonymes parcouraient son corps. Elle se débattit, voulut parler, n'y arriva pas… Elle savait que jamais personne ne passerait par ici, personne ne viendrait la délivrer. Elle allait devoir se laisser faire. Une certitude qui lui glaça le sang. Elle ne pouvait pas fuir…

— Hello Cécile, tu as le choix, avec ou sans cette aide…

Il lui tendit une pipette.

— Soit tu te soumets toute seule, soit tu auras l'aide d'un neuroleptique. Pour te mettre un peu dans les vapes…

Où avait-elle déjà entendu cette voix ? Où ? Elle saisit la chance tendue, hochant la tête pour le médicament. Avec un peu de chance, elle ne se souviendrait de rien. Aboulique et peut-être amnésique… Le froid la tétanisait. Elle avait la chair de poule. Leurs mains n'arrivaient pas à la réchauffer ; au contraire, elles la glaçaient. Ces mains qui couraient sur elle. Ils l'embrassaient de force, l'empêchant de tourner la tête pour y échapper. Le premier s'était allongé sur elle. Elle serra les dents, le médicament n'agissait pas, pas encore…

Un, puis deux, puis le dernier. Puis, ils recommençaient. Plusieurs heures passèrent. Elle s'était évanouie à plusieurs reprises. Elle commençait à souffrir.

Ils l'avaient frappée juste pour le plaisir. Elle ne s'était absolument pas défendue. Tout lui était égal… Elle sombra une dernière fois…

Ils avaient enfin terminé. Elle était inconsciente depuis plusieurs minutes. Paul leur précisa de la porter, longeant une coursive avant de la déposer dans un couloir du sous-sol de l'hôpital. Froid, sombre, un vrai coupe-gorge. Il leur intima l'ordre de déguerpir d'ici en vitesse.

— Et toi ?

— Je vais aller assurer ma dernière garde et mon pot de départ. J'ai ma petite idée pour être son sauveur, pour qu'on la trouve…

— Ne Fais pas de conneries non plus…

— T'inquiète, ce n'est pas moi qui la trouverai… Cela dit, j'aime bien jouer le rôle de Zorro pour une fois…

Il se rendit dans son service, il prétexta rapidement devoir aller chercher un dossier urgent dans un autre bâtiment. Il ne voulait pas prendre le moindre risque, il ne fallait pas que quelqu'un d'autre la trouve. Le chemin le plus court passait par le couloir où ils avaient déposé la jeune femme. Il avait embarqué un interne qui passa devant lui. Il ne s'était pas aperçu qu'il avait ralenti considérablement l'allure, semblant perdu dans ses pensées. Dans quelques mètres, il la trouverait. Son cri de surprise pourtant attendu le fit sursauter. Il accéléra le pas, trouvant le jeune médecin penché sur un corps inerte. Sa nudité, le sang qui coulait, ses poignets attachés ne laissaient que peu de place au doute. La victime ne réagissait pas aux diverses stimulations. Sans réfléchir, il la prit dans ses bras. Ce geste paraissait spontané ; qui aurait soupçonné qu'il avait pensé cela, plusieurs minutes auparavant ? Ils coururent la déposer aux urgences, expliquant vaguement où ils l'avaient trouvée. Une interne les écouta consciencieusement, après qu'il l'ait posée sur un brancard et déposé ses affaires derrière. Il se rappela avoir essayé de la coincer dans un coin ; la sonnerie de son bipeur l'avait sauvée. Ils ne s'attardèrent pas, elle saurait indiquer aux forces de l'ordre où les trouver le cas échéant.

Elle se concentra sur la jeune femme toujours dans le cirage. Elle respirait, un prélèvement sanguin avait été effectué avant la pose d'une perfusion. Ses poignets avaient été détachés, les patchs d'un scope posés ainsi qu'un tensiomètre. Constantes stables mais basses. Quelques hématomes et ecchymoses constellaient sa peau. Elle savait qu'il faudrait faire un kit de viol si jamais elle y était autorisée. L'agresseur n'avait pas utilisé de préservatif. Elle allait devoir lui demander si elle avait un moyen de contraception, éventuellement prescrire la pilule du lendemain. Lui prescrire aussi une trithérapie préventive. Elle était favorable à punir plus sévèrement les viols sans préservatifs ; quelques années de détention supplémentaires restaient dérisoires au regard des trois mois qu'elle passerait à vomir tripes et boyaux, effets secondaires de la trithérapie. À attendre de savoir si sa vie allait prendre un grand virage, celui du SIDA. Inutile, en plus, d'ajouter un IVG, situation pourtant non rare, hélas. N'importe quel centre d'orthogénie vous le dirait : une demande d'IVG d'une femme seule, sans compagnon, peut être une grossesse issue d'un viol.

Un gémissement lui apprit que la victime reprenait conscience. Elle savait déjà qu'elle s'appelait Cécile, qu'elle était interne ici. Elle ouvrit les yeux, son regard se posa sur la blouse blanche à côté du brancard qui s'imagina un court instant que les rôles auraient pu être inversés.

— Cécile, tu es aux urgences ; tu as été retrouvée dans le sous-sol inconsciente.

Un blanc passa.

— Que s'est-il passé ?

— Tu as été retrouvée nue, les poignets attachés. Tu as quelques traces de coups sans gravité. Mais tu as probablement été violée également. Il faudrait faire un examen. Je peux prévenir le gynéco de garde…

Elle n'avait pas trop envie de le faire cet examen et tout le reste : les prélèvements, les photos à verser au dossier. Elle ne s'en sentait pas le courage, elle aurait bien pu être à la place de Cécile…

La victime quitta l'hôpital le lendemain, munie de tous les papiers avec une ITT de dix jours auquel s'ajouterait un arrêt de travail de plusieurs semaines. Inutile qu'elle vienne pointer à Purpan en vomissant en permanence. Les enquêteurs viendraient la voir chez elle.

Le capitaine Louis Dubois commençait à regretter d'avoir choisi les crimes sexuels. Il ne voyait que cela à longueur de journée. Certains hommes étaient vraiment des porcs. Un travail de titan rarement récompensé. Les condamnations restaient rares. Entre les victimes qui se rétractaient, celles qui abandonnaient, celles qui venaient trop tardivement, les non-lieux, les classements sans suite… Moins de deux pour cent de condamnations. Le règne de la suprématie de l'homme n'était pas encore un mythe. Au point de vue de l'appareil judiciaire, l'égalité était encore bien loin. Et tout ceci dans le pays des droits de l'Homme… Il enrageait aussi étant donné qu'il devrait lui demander comment elle était habillée et ce qu'elle aurait pu faire pour les attirer. Le viol était le seul crime pour lequel la victime devait apporter les preuves et pour lequel elle était présumée en partie responsable. Porter un string sexy était une erreur qui pourrait faire classer l'affaire. Le fait qu'on avait dû la déshabiller pour le voir n'y changeait rien. Il ne comprenait pas l'injustice de ces a priori. Il faudrait pouvoir changer les mentalités.

Il récupéra les vêtements de la victime. Il y avait plusieurs agresseurs vu la quantité de sperme. Quelques traces de coups, quelques abrasions externes ou internes. Les analyses de sang avaient trouvé des traces de drogue du viol. Elle ne s'était donc pas défendue. Le lieu exact du viol n'avait pas été retrouvé.

Selon le personnel de Purpan, il était impossible que l'endroit où elle avait été trouvée soit celui de l'agression. Beaucoup de monde empruntait ces couloirs, on les aurait surpris. Elle avait été déposée là pour qu'on la trouve. Cette évidence lui soufflait que les agresseurs faisaient partie du personnel de l'hôpital.

Aux yeux de la justice, la victime s'en tirait bien ; elle n'était pas amochée. Allez lui dire cela, pendant combien d'heures ces types s'étaient vautrés sur elle ?

Cécile venait encore d'aller vomir. Elle allait devoir attendre trois mois avant le test définitif. Trois mois cela paraissait très court pour la plupart des gens et pourtant, dans ce cas, cela durait trop longtemps. Elle lui apprit qu'ils étaient masqués, cela ne le surprit pas mais ajoutait du poids à sa théorie, elle les connaissait. Elle les avait déjà croisés en travaillant.

Elle lui avoua qu'elle ne s'était pas défendue et qu'à aucun moment elle n'avait exprimé de refus. Ceci n'avait aucune importance, elle avait été attachée et droguée. Contrainte physiquement et mentalement. Son consentement tacite n'avait aucune valeur. Elle ne se souvenait que de quelques bribes assez floues Elle ne cauchemarderait pas sur ses souvenirs, elle allait chercher le sommeil, en se demandant ce qu'ils avaient bien pu lui faire. Son corps lui livrerait assez vite les secrets qu'il gardait enfouis.

L'interrogatoire du Dr Thomas et de son interne ne lui apprit rien de plus. Si ce n'est qu'il se rappela l'avoir déjà croisé. Camille Védrine, le plus grand échec de sa carrière. La seule affaire qu'il aurait réellement voulu voir juger au tribunal. Les seuls détraqués qui pour lui méritaient une longue peine de prison. Ceux qu'il aurait bien voulu imaginer allongés sous leurs compagnons de cellule, histoire d'apprendre eux-mêmes à quel point un viol pouvait faire mal. À la différence que tout le monde s'en ficherait.

L'ADN avait matché, quoiqu'inconnu. Deux viols en réunion commis en 1995 et 1998. Deux victimes alcoolisées et droguées qui ne se souvenaient de rien. Une autre, une jeune femme qui s'était défenestrée Marine Jaurès en 1994.

Elle n'avait pas survécu à sa chute. Il nota l'adresse, une déferlante glacée coula dans ses veines. 35 Rue Guynemer… La dernière affaire, celle de Camille datait de deux ans… Il n'osait espérer une réouverture de l'enquête. Leurs ADN n'étaient pas répertoriés et Cécile n'avait pu les décrire. Il savait juste qu'un médecin était probablement impliqué, vu l'emploi de médicaments. Encore une chose que la société n'accepterait que difficilement.

Dix ans plus tard

Chapitre VII

Les années avaient passé.

Elle n'avait jamais repris ses études. Elle avait bien tenté mais ses crises d'angoisse étaient trop vivaces. Elle se sentait oppressée par le bruit, par le silence si elle n'était pas seule chez elle. Elle avait fui cette ville où elle avait pourtant grandi, s'était installée à Bordeaux. Elle n'avait jamais quitté le milieu de la psychiatrie. Elle avait juste changé de psychiatre. La liste de ses médicaments s'était aussi considérablement allongée.

Molécules remplacées par d'autres. Elle ne dormait plus sans somnifères. Elle survivait sous camisole chimique.

Elle avait aussi tenté de se suicider, histoire de stopper le cauchemar et de tenter de se réapproprier son corps. Elle n'avait jamais rien reconstruit, elle vivait seule. Elle n'avait aucune attache, aucune emprise sur le monde, aucune prise sur sa vie.

Elle s'était acheté un T2 de 50 m^2 avec le reste de l'assurance-vie de ses parents. Elle avait découvert à cette occasion qu'ils avaient pioché dedans.

Souhaitaient-ils la ruiner ? Oui, après tout, les morts n'ont plus besoin d'argent.

Elle avait choisi une résidence à quelques mètres d'une cité malfamée où se déroulaient trafics de stupéfiants et bagarres entre bandes rivales. Elle se fichait de cet environnement, elle n'avait aucune intention de nouer une quelconque amitié. Elle avait seulement voulu fuir ces beaux quartiers et leur population hypocrite. Elle ne sortait de chez elle que si c'était nécessaire. Elle vivait avec ses chers amis indéfectibles, ses livres.

Ses amis ne la jugeaient pas sur ses cicatrices, sur ses fêlures ; ils ne rougissaient pas de la voir pleurer. Elle pouvait se laisser aller sans avoir à présenter d'excuses.

Elle n'était jamais retournée sur la tombe de ses parents, se contentant de payer une société prestataire pour l'entretenir et la fleurir. Elle y retournerait le jour où elle pourrait à nouveau se regarder dans une glace sans se laisser envahir par des images parasites.

Il n'y avait qu'un seul miroir chez elle. Elle avait sacrifié son traumatisme à cette unique glace. Elle ne l'utilisait pas. Elle ne pouvait voir son visage sans le voir dégouliner de liquide séminal, souvenir indélébile des éjaculations faciales subies. Aucun collier n'ornait jamais son cou, elle y voyait tatouer les marques de leurs mains.

Dans sa garde-robe, aucune fantaisie. Du gris, du noir, du bleu marine avec un peu de blanc. Du blanc pour ne pas paraître continuellement en deuil. Aucun débardeur, aucun col échancré, aucun risque de voir la naissance de ses seins. Elle aurait pu investir dans des burqas si elle s'était convertie à l'Islam.

Des chemises qu'elle boutonnait jusqu'au col. Des jeans, des pantalons. Ni jupe, ni robe, elle se sentirait trop nue. Pas de maquillage, elle fuyait la moindre parcelle de féminité. Ne pas attirer l'attention ou la convoitise lubrique des hommes.

Ainsi accoutrée, elle semblait être un mort-vivant, un fantôme. Elle n'avait jamais échangé plus de dix mots avec ses voisins en venant relever son courrier. Elle n'avait jamais fait le moindre bruit, ne recevait personne.

Ses parents avaient toujours mené une vie sociale, une vie remplie d'amis. Elle ne s'en sentait pas digne. Elle n'avait rien pour être une amie.

Elle n'était pas assez stable pour nouer une amitié. Elle avait passé dix ans à faire des séjours répétés à l'hôpital psychiatrique.

Personne n'était au courant, personne ne savait qu'elle était suivie chez les dingues. Elle savait que c'était ainsi que la population voyait la psychiatrie. Son sentiment s'était nuancé : personne n'était à l'abri de se retrouver dans un pavillon ouvert. Le microcosme peuplé de naufragés de la vie : alcooliques, dépressifs, névrosés... Un lieu qui faisait la part belle aux drames de la vie : divorces, deuils, enfances meurtries, agressions...

Des personnes innocentes que la vie avait broyées. Elle était l'une des leurs. Ils partageaient leurs nuits hachées, leurs souvenirs, leurs détresses, leurs espoirs parfois. Certains espéraient tant que ce passage à vide serait bref.

Elle avait brillamment réussi à compartimenter sa vie : le côté psychologique d'un côté, le côté physique de l'autre.

Elle n'avait pas l'impression de mentir, elle leur racontait juste sa vérité fragmentée. Par peur d'avoir à affronter la réalité pleine et entière, une réalité qu'elle ne pourrait jamais assumer.

Mis à part pour se réapprovisionner, elle ne sortait que pour ses rendez-vous médicaux. Elle avait un carnet rempli de noms de médecins et un agenda de rendez-vous digne du ministre de la santé.

Ses organes lâchaient les uns après les autres, ils semblaient tous avoir signé un CDD pour leur fonction normale.

Elle s'était inventé un accident de la voie publique, celui qui avait tué ses parents, pour justifier ses lésions cérébrales. Un bon traumatisme crânien.

C'était d'ailleurs noté sur le courrier transmis par son médecin traitant. Elle avait eu un peu honte de profiter de sa naïveté. Elle lui avait avoué ne pas être à l'aise légèrement dévêtue. Celle-ci l'examinait par-dessus sa chemise, respectant ainsi sa pudeur, pour surveiller son hypertension artérielle et sa tachycardie. Elle ne pouvait, en revanche, maîtriser le raidissement incontrôlé de son corps, quand elle s'approchait d'elle.

Elle n'avait jamais vu de cardiologue ; elle ne savait que trop bien que cette excuse ne passerait pas. Trop risqué.

Elle n'avait jamais vu de dentiste non plus. Elle ne supportait pas qu'une personne s'approche de son cou ou de son visage.

Pas plus de gynécologue, cette simple évocation dépassait le seuil de ce qu'elle pouvait tolérer.

Son médecin traitant savait qu'elle avait un traitement à visée psychiatrique ; elle ignorait juste pourquoi. Elle ne lui avait jamais demandé d'explications, peut-être attendait-elle qu'elle soit disposée à l'évoquer. Ce n'était au fond pas indispensable ; elle avait la raideur et la panique muette d'une victime d'abus sexuels. Elle en savait donc assez pour le moment.

Son psychiatre, lui, ignorait son délabrement physique. Ses reins avaient déjà arrêté deux fois de fonctionner. Il n'en sut rien. Il se contentait de lui demander comment elle allait et de renouveler son ordonnance. Un mot sur son suivi psychologique, entamé il y avait tout juste un an. Elle y allait, point final.

Elle était incontinente, personne ne le savait. Elle ne sortait de chez elle qu'avec de quoi se laver et de quoi se changer. Elle n'avait pas de sac à main mais un sac à dos. Lui seul pouvait contenir ces éléments indispensables.

Elle aurait pu continuer, indéfiniment, ainsi. En se mentant autant qu'elle ne mentait aux autres.

Mais, un jour, elle se trahit dans le bureau de son psychiatre. Elle arriva trois secondes trop tard. Elle entreprit donc de se laver le plus rapidement possible, d'enfermer ses vêtements souillés dans un sac plastique. Elle se changea et s'aspergea de parfum. Soudain, elle se figea, glacée. Dans son sac, il y avait un jeans bleu marine. Un jeans bien éloigné de son pantalon de tailleur noir avec un liseré de dentelle. Elle avait omis de mettre son double dans son sac.

L'avait-elle fait exprès ? Souhaitait-elle enfin trouver une solution à une situation qui était devenue intenable ?

Elle ne saurait donner une réponse sincère. Toutefois, elle espérait que cet homme ne remarquerait rien. Espoir vite déçu.

— Il y a un problème ? Vous êtes partie longtemps, lui demanda-t-il avec sollicitude.

Elle avait les larmes aux yeux. Il la détailla, intensément.

— Mais vous vous êtes changée ? Pourquoi ?

Elle ne répondit pas ; elle luttait contre son envie irrépressible de sangloter.

— Je sais que quelque chose ne va pas. Dites-moi, je peux peut-être vous aider.

Elle prit une longue inspiration et répondit dans un murmure qu'elle était désormais incontinente. Que cela faisait un peu plus de trois ans et que personne ne le savait.

— Vous avez bien un médecin traitant. Que fait-elle ?

— Elle ne sait rien. Rien de rien. Elle ne sait pas pourquoi je vous vois. Elle ne m'a jamais examinée, je l'ai promenée avec une histoire de pudeur.

Elle traite mon hypertension et ma tachycardie, je n'ai jamais vu de cardiologue. Cela avait fonctionné jusqu'à présent.

— Votre incontinence est peut-être liée à tout autre chose. Quoi d'autre ?

— Mes reins ont déjà arrêté deux fois de fonctionner.

Il paraissait abasourdi ; il lui fit promettre de prendre rendez-vous avec son médecin généraliste, insistant sur un suivi enfin sérieux. Il lui confia une lettre à lui remettre. Elle la décacheta à sa sortie ; elle contenait son incontinence et le conseil d'une discussion sincère. Il n'avait pas même fait un premier pas pour une explication.

Elle devrait prendre son courage à deux mains lors du rendez-vous.

Le Dr Janneau lui parut encore plus jeune qu'il y avait quelques semaines. Trop jeune et trop vulnérable. Trop belle aussi pour une horreur innommable.

Celle-ci lut la lettre du psychiatre. Elle la relut, puis la posa sur le bureau.

— Vous pourriez m'en dire plus ? Sur ce que vous voulez, j'ai tout mon temps…

En réalité, absolument pas, elle n'aurait le temps qu'en sautant le repas de midi. Toutefois, il y avait d'autres priorités, elle en avait bien conscience.

Sa patiente allait enfin répondre à ses questions. Un tel silence ne se rompait pas en quelques minutes. Il n'est pas facile de vaincre les réticences d'une personne afin qu'elle vous livre des confidences lourdes. Surtout quand celle-ci n'a jamais eu l'intention de se livrer.

— Je suis incontinente depuis plus de trois ans… Urinaire et aussi fécale… Diarrhée chronique aussi…

— Une perte de poids soudaine ?

— Je n'ai pas de balance.

Il était inhabituel qu'une personne attende trois ans ainsi. Elle voyait déjà où était le nœud du problème.

— Cela aurait-il un rapport avec l'abus sexuel pour lequel vous voyez un psychiatre ? Non, il n'a rien dit, la voyant accuser le coup, je le savais depuis le premier jour. Je vois des patients à longueur de journée et je sais reconnaître ceux qui se raidissent. Ils ont tous un point commun.

Camille choisit de confirmer d'un signe de tête.

— Cela vous dérangerait de vous mettre en sous-vêtements pour que je puisse vous examiner ? Nous irons à votre rythme.

« Si on m'avait donné un euro chaque fois qu'on m'a sorti qu'on irait à mon rythme, je serai riche ! Mais, ils croient vraiment à leur connerie ou quoi ? »

Elle se déshabilla, vaincue et s'allongea sur la table d'examen. Elle se sentait déjà si nue, elle ne savait pas comment elle réagirait quand cette femme poserait les mains sur elle. Elle sentait le souffle glacé de la terreur couler dans ses veines. Pourquoi était-elle venue, pourquoi n'avait-elle pas refusé de se déshabiller ? Oui, pourquoi ?

Le médecin s'approcha d'elle. Elle bloqua sa respiration, hésita à croiser ses mains sur sa poitrine, en un dérisoire mouvement de protection.

Réflexe un peu trop tardif, elle avait déjà baissé la bretelle de son soutien-gorge, dévoilant un sein droit couvert de cicatrices et de brûlures de cigarette.

Un corps constellé de cicatrices, voici ce qu'elle avait sous les yeux. Toutes étaient anciennes.

Elle se donna quelques minutes, le temps de palper son abdomen. Elle réfléchissait en réalité. Comment aborder une telle situation ? Elle la laissa se rhabiller. Allait-elle se livrer à des confidences après lui avoir montré son corps ?

— Dites-moi ce qui vous est arrivé. Nous sommes bien loin de ce que j'imaginais…

— C'était il y a dix ans. J'étais jeune et naïve. J'ai été séquestrée chez moi, durant deux mois…

— Deux mois ?!, murmura le médecin qui avait du mal à imaginer une telle horreur.

— Personne ne m'est venu en aide. J'ai servi de jouet à leurs pires instincts…

— Vous avez porté plainte ? Où sont-ils ?

— Libres, la plainte a été classée. Ils devaient me tuer, je me suis défenestrée pour leur échapper. Pour ce à quoi cela a servi, j'aurais mieux fait de terminer mon calvaire. Ce serait fini au moins.

— Vous n'avez jamais cherché à les retrouver ?

— Je subis plutôt mon présent au lieu de le vivre. Et, je répondrai aussi à votre véritable question muette. Oui, j'aurais bien aimé me venger. Oui, je voudrais bien qu'ils payent pour tout ce qu'ils ont fait. Pour tout ce qu'ils m'ont fait. Je paye une addition qui n'est pas la mienne. La justice aurait été qu'ils payent eux. Est-ce un crime de vouloir qu'ils en bavent pendant des années ?

— Enfin recevoir le statut de victime pour être aidée…

— Je me fiche de ce statut. Même les envoyer en prison n'aurait au fond rien changé à mon existence. Mon état sera toujours aussi précaire et délabré. Rien ne s'effacera parce qu'ils seront en détention. Mais, au moins, je saurai où ils sont. Et qu'ils ne pourront pas torturer une autre jeune femme. C'est vraiment un sentiment qui me casse. Je ne sais pas où elle est, je sais juste ce qu'elle subit. Je sais qu'elle espère que quelqu'un va la délivrer. Je sais qu'elle va mourir dans d'atroces souffrances. Et je me sens impuissante, je ne peux rien faire pour l'aider.

Quelque part, je serai responsable de sa mort. Je le suis et le serai toujours…

— Mon Dieu, vous n'êtes responsable de rien. Vous êtes une victime dans cette histoire, pas un bourreau. Vous n'y êtes pour rien s'ils n'ont jamais été inquiétés ou s'ils ont poursuivi une monstrueuse série de meurtres. Vous n'arriverez jamais à vous maintenir à flot si vous êtes envahie par tant de pensées macabres.

Vous avez survécu, vous ne pouvez pas vous sentir coupable de cela aussi. Il faut aussi que je vous pose une question délicate. Pardonnez-moi pour les détails. Mais, vous ont-ils violée par voie anale ?

Camille confirma, soulagée d'un détail aussi banal. Elle s'était attendue à pire.

— Il est fort possible que votre incontinence vienne de là. Le gastro-entérologue voudra savoir lui aussi.

Elle se demanda soudain quels détails pourraient être utiles sans être trop choquants.

Ils sont adeptes des doubles pénétrations. Elle se souviendra toute sa vie du premier double anal. Ils lui ont dit que c'était ainsi qu'on y appelait. Le premier s'enfonce puis le second. Elle sent quelque chose craquer à l'intérieur. Une vague de chaleur intense, elle essaie de se concentrer dessus. Elle les sent aller et venir, elle entend leurs gémissements. Elle n'entend que trop bien ce qu'ils lui disent : « c'est bon deux bites dans ton cul, pas vrai ? » Le dernier voudrait bien essayer de s'enfoncer à son tour mais n'y arrive pas. Il éjacule de rage sur son visage. Elle va payer leur manque de souplesse. Elle n'y est pour rien mais elle est déjà coupable. Il attend le bon moment, celui où les deux autres auront fini.

Il la frappe à coups de ceinture. Sur son sexe. Des dizaines de coups qui le tuméfient. Elle crie, terrassée par de violentes décharges électriques. Elle sent sa peau s'ouvrir, des plaies qui n'auront jamais la possibilité de cicatriser.

Quand il atteint son objectif, il s'arrête brusquement et enfonce sa main en elle. Elle se sent prise par un trait de feu, bloque sa respiration. Il semble heureux mais pas satisfait. Il attrape une bouteille et l'enfonce à la place. D'autres sinistres craquements douloureux. Elle sent un liquide couler ; elle sait fort bien que c'est du sang. Il retire la bouteille et l'enfonce derrière. D'autres sinistres craquements, une douleur innommable a envahi le bas de son corps. Elle ne pensait pas pouvoir avoir si mal un jour. Si mal sans mourir. Il a enlevé la bouteille. Du sang coule de ses deux orifices martyrisés. Elle se recroqueville.

Roulée en boule, pour ne pas attirer leur attention. On lui présente le cul de la bouteille. Du sang, du sperme, des sécrétions vaginales et des traces d'excréments. Beaucoup de sang. On exige qu'elle lèche cette bouteille. Elle voudrait bien refuser mais la menace de renfoncer cette bouteille la terrifie. Elle lèche vaincue, sous leurs insultes. Une femme avalerait n'importe quoi ricanent-ils.

Camille revint à l'instant présent et se concentra sur ce moment présent. Elle ignorait le temps qu'avait duré son flash-back. Le Dr Janneau l'avait remarqué. Elle avait vu son regard se fixer, son corps se raidir. Elle la savait repartie vers ce lieu qu'elle n'avait jamais réellement quitté. Elle regarda son visage se crisper. Elle ne souhaita pas la secouer, elle ignorait si elle devait la ramener vers le présent ou attendre. Il faudrait qu'elle pose cette question à son psychiatre.

Elle ne savait pas non plus si elle devait l'interroger sur le contenu de sa dérive mentale. Elle demanderait par acquit de conscience, ne souhaitant aucune réponse. Elle reconnaissait les limites de sa formation en trauma psychologique. C'était de la théorie mais une théorie qui ne pouvait pas s'appliquer ici.

Elle avait fini de taper la lettre pour le gastro-entérologue, se demandant si elle devait lui parler de la consultation. Elle hésitait, elle avait peur qu'elle fasse marche arrière.

Elle y alla, acceptant le fait qu'il l'examine mais refusa les séances de rééducation qu'il lui avait proposées. Une fois, elle pouvait gérer. Plusieurs fois par semaine, elle ne pourrait le supporter. Il évoqua alors la nécessité d'une opération de reconstruction.

Trois autres médicaments s'ajoutèrent à la pile déjà existante. La situation restait très instable.

Les problèmes endocriniens avaient eux aussi pointer le bout de leur nez. Un autre médecin, un autre suivi.

Par contre, sur tous les courriers, son histoire était notée comme un antécédent médical.

Les médecins ne pouvaient pas s'empêcher de poser des questions. Des questions, encore et toujours. À croire que c'était le seul élément intéressant de son dossier médical. Ou celui qui sortait de l'ordinaire.

Pour eux, le moindre souci était devenu psychosomatique.

Elle apprit par le Dr Varton, son endocrinologue, que les maladies endocriniennes étaient courantes chez les victimes d'abus sexuels.

Elle avait au moins suivi là une suite logique. Elle avait emprunté le même chemin que les autres. Elle avait juste pris un raccourci.

Elle avait lu que le diabète de type deux était commun chez les victimes d'abus sexuels survenus dans l'enfance. Ainsi que les problèmes thyroïdiens.

Elle n'était pas en surpoids, elle compensait ses crises de boulimie en se faisant vomir.

Elle continuait à se maintenir à flot en se faisant du mal. Elle enchaînait crises de boulimie et périodes de jeûne intense, pouvant durer une dizaine de jours.

Ses bras étaient désormais couverts de damiers, cicatrices souvent réouvertes.

Elle y arrivait mais n'avait aucune prise sur son présent. Sa vie était redevenue un flot continu de souffrances. Souffrances qu'elle s'infligeait elle-même. Elle pensait ainsi les contrôler. Se faire du mal est une drogue addictive, autant que l'alcool ou l'héroïne.

Elle savait qu'elle n'irait pas loin. Elle devait réagir ; une seule chose pourrait l'apaiser.

À défaut de pouvoir espérer la justice, il ne restait plus que la vengeance. Elle prit son ordinateur et chercha le Dr Paul Thomas.

Un nom trop vague, il devait y avoir des dizaines de Paul Thomas, tous médecins. Elle espérait mais ne croyait pas à la providence. Comment compter sur une chose qui l'avait oubliée ?

Par chance, il n'y en avait qu'un seul sur Toulouse. Il était anesthésiste dans une clinique spécialisée en chirurgie esthétique. Un lieu qui devait grandement lui plaire.

Si elle ne pouvait en liquider qu'un, autant que ce soit celui-ci.

Le médecin le plus hypocrite de France. Il restait maintenant à trouver un supplice digne de l'être vil et méprisable qu'il était.

Chapitre VIII

Elle était enfin dans la ville où sa vie avait pris fin. Une charmante secrétaire lui avait confirmé que le bon Dr Thomas était anesthésiste ici. Un médecin dévoué, toujours souriant. Elle devait penser « un amour » mais ne le dit pas.

Elle voulait des renseignements pour pouvoir le rayer de la surface de la Terre. Le pire, c'est qu'elle ne croyait pas à sa raison : une fête surprise en son honneur. Pour tout préparer, elle devait savoir combien de temps mettrait-il à rentrer chez lui. Heureusement, elle était tombée sur une secrétaire volubile et visiblement amoureuse de ce cher Homme si parfait. Elle avait un peu honte de profiter des sentiments de cette femme, mais nécessité faisait loi.

« Oh, vous aurez quelques minutes tout au plus. Il habite derrière le parc qui jouxte la clinique. Il vit seul, son épouse est partie, il y a des années. Vous vous rendez compte, divorcer d'un si bel homme et si gentil ! Elle avait un amant d'ailleurs… »

Ce n'était guère étonnant de divorcer d'un homme qui rentrait presque chaque soir avec l'odeur de parfum d'une autre femme. Il s'était tellement vanté des internes qu'il balançait sur son bureau dès qu'il en avait envie. Il les prenait puis les jetait comme un mouchoir en papier. Il ne devait probablement plus avoir envie de son épouse après. Pas surprenant non plus qu'elle ait pris un amant. Même une femme a le droit de se sentir désirable ou d'être aimée.

La standardiste ne s'arrêtait plus mais elle ne l'écoutait plus. Elle savait par où il passerait et devait absolument aller voir si l'endroit était isolé. Elle raccrocha sous le prétexte de longs préparatifs, en lui faisant promettre de ne pas vendre la mèche. Elle eut envie de mettre un cierge dans une église pour remercier cette secrétaire un peu trop volubile et crédule.

Elle alla vérifier, le parc serait parfait. Des lampadaires permettraient de le voir arriver, une table était là et surtout, ces misérables ampoules l'empêcheraient d'être repérée. Il n'y avait plus qu'à attendre.

Elle regardait sa cible se rapprocher d'elle. Elle avait son arme et tout le reste de son matériel l'attendait sur une table, cachée par l'obscurité. Le Dr Thomas avançait confiant. Il ignorait que l'heure de la revanche avait sonné. Elle avait vécu des semaines en tremblant à chacun de ses mots, il allait vivre une ou deux heures en tremblant lui aussi. Elle avait tout prévu sauf ce qu'elle ferait exactement. Elle le tuerait c'était certain mais elle ne savait pas comment ni si elle lui ferait payer ce qu'il lui avait fait. Son attitude la déciderait : laisser parler sa haine ou non. Encore quelques pas et elle sortirait de l'ombre.

Elle aurait eu peur autrefois de marcher dans la nuit noire. Autrefois, avant de tomber sur eux.

Elle compta mentalement : trois, deux, un. Elle inspira et sortit brusquement pour lui pointer son arme sur la tempe. Il se figea comme tous les lâches, elle n'était pas surprise.

— Bonsoir, cher doc. Il y avait longtemps…

— Qui êtes-vous ? Que me voulez-vous ?

— Vous ne me souvenez pas de moi ? Non, tu ne te souviens pas de moi, vraiment ? Moi, je n'ai jamais pu t'oublier. Avance, tu vas comprendre.

Elle le poussa vers la table de pique-nique en le tenant toujours en respect avec son arme. La vengeance lui donnait une force surhumaine. Une décharge électrique le fit s'écrouler sur le banc. Merci internet qui lui avait permis d'acheter ce taser et sa cloueuse. Elle en profita pour lui clouer sa chemise et ses doigts à la table. Ses hurlements se perdirent dans le silence. Elle lui enfonça un chiffon dans la bouche. Elle voulait qu'il l'écoute d'abord.

— Tu ne te souviens pas de moi, vraiment ? Tu peuples pourtant mes jours, mes nuits, mes pensées et mes cauchemars. Tu ne vois toujours pas ? Attends, je vais t'aider…

Elle releva son tee-shirt et braqua la lampe de poche vers sa poitrine constellée de brûlures de cigarette et de cicatrices. Alors il comprit.

— Tu vois, tu te souviens maintenant. Attends, je vais enlever le chiffon. Je meurs d'envie de t'entendre. Tu peux crier, personne ne t'entendra de toute façon…

Il gémissait pitoyablement. Il essayait de parler, balbutiant des mots sans suite, puis se reprit.

— Vous voulez quoi ? Des excuses ?

— Je ne veux rien de toi mis à part te voir mourir comme le vermisseau que tu es.

— Vous brûlerez en enfer…

— L'enfer ! J'y suis déjà, grâce à vous et depuis longtemps…

Ses gémissements l'irritaient au plus haut point. Elle irait plus loin que prévu tout compte fait.

Elle baissa son pantalon et son slip, exhibant son sexe sur lequel elle passa la main.

— J'ai longtemps attendu ce moment mais tu étais mieux monté dans mes souvenirs…

Il tentait de se cabrer, d'arracher les clous, tout en suppliant. Il pleurait sur son infamie.

— Calme-toi, c'est inutile. Attends, je sais ce qui va te détendre.

Elle se pencha et prit ce minable gland dans sa bouche. Quelques coups de langue et une bonne morsure. Il hurla.

— Calme-toi, tu m'énerves vraiment. Tu ne te souviens pas de ta phrase préférée ? Attends, je vais te rafraîchir la mémoire. Tu me disais de te sucer lentement et après que tu m'enculerais si violemment que je hurlerais de douleur, tu te souviens maintenant ?

Il avait pâli. Oui, il se souvenait.

— C'est donc ce que je vais faire. Oh non, pas la première partie, ne rêve pas mais regarde ce que j'ai trouvé dit-elle en exhibant un godemiché de taille démesurée. J'ai appris, grâce à vous, que des engins pareils existaient. Ce serait dommage que tu ne l'essayes pas.

Elle s'interrompit, il venait de s'uriner dessus. Décidément, cet homme était méprisable. Incapable de rester digne. Elle n'allait pas perdre son temps avec lui. Elle enfonça le caoutchouc d'un coup mesuré, elle renonça à aller et venir. Il hurla comme un porc qu'on égorge.

— Je savais que tu aimerais cela…

Il couinait lamentablement. Ce type était un porc, qu'il crève ainsi.

Elle prit son couteau et l'égorgea. Le sang gicla et sa vie le quitta après un dernier couinement. Elle le mit agenouillé sur le banc et cloua son pantalon au banc. À aucun moment, elle ne pensa à la personne qui le trouverait dans cette position humiliante.

Le corps avait été trouvé par un employé communal. Le lieutenant Dubourg et son adjoint attendaient le légiste même si la cause de la mort ne faisait pas un pli. Ils tournaient le dos à la victime, lui faisant un paravent de dignité de leurs corps.

Le légiste arriva. Ils lui donnèrent l'identité de la victime, son portefeuille était posé à côté du cadavre.

— Le Dr Paul Thomas, 57 ans. Il a été retrouvé mort par l'employé communal là-bas, désignant un homme assis à l'arrière de leur voiture, la tête entre ses mains.

— Il a l'air sacrément secoué…

— Il y a de quoi ajouta le lieutenant en se poussant pour dévoiler le cadavre.

Le légiste blêmit en voyant le corps. Puis se reprit et se mit à parler après un rapide examen :

— Il a été égorgé avec un couteau, une incision grossière. Les clous ont été posés *ante-mortem*. Et vu qu'il a saigné, il a été violé *ante-mortem* aussi. Un viol barbare et un meurtre donc.

Le lieutenant soupira écœuré. Une telle barbarie le laissait sans voix. Une expédition punitive… qui pourrait en vouloir à un homme qui avait fait le serment de soigner autrui ?

Le lieutenant raccrocha, un rendez-vous était pris dans une heure à la clinique Beau Rivage, clinique située à dix minutes à pied de chez la victime et à cinq minutes du parc où son corps avait été retrouvé. Durant ce temps, une perquisition aurait lieu à son domicile. Le bon docteur avait forcément des ennemis pour finir ainsi.

Le directeur, le Dr Ribert, le reçut dans son bureau. Il paraissait abasourdi. Le policier choisit de lui cacher les détails sordides.

— Que savez-vous du Dr Thomas ?

— C'était un excellent anesthésiste, professionnel, rassurant avec les patients, aimable avec le personnel. Toujours agréable et humble, aucune plainte à son sujet chez nous…

— Pourquoi avez-vous précisé chez vous ?

— Il y a eu quelques rumeurs d'agressions sexuelles dans son CHU d'origine.

Plusieurs internes en parlaient à mot couvert. Je n'ai jamais su si c'était fondé et aucune plainte ni sanction disciplinaire ne pesaient sur lui. À mon avis, c'est l'œuvre d'un détraqué ou un meurtre gratuit. Une cible au hasard…

Le lieutenant Dubourg le laissa ; il en savait assez. Un excellent homme, humble ne serait jamais découvert ainsi mais un agresseur sûrement. En plongeant dans son passé, on devrait trouver une liste de victimes et donc une liste de suspects.

Il appela l'équipe chargée de la fouille, lui ordonnant de récupérer ordinateur, journal intime ou cahier manuscrit. La victime avait des choses à cacher, il le sentait. Il restait à trouver où il cachait ses sombres secrets.

Chapitre IX

La perquisition réalisée au domicile de la victime s'avérait fructueuse. Un ordinateur portable, des cahiers, des dizaines de cahiers. Des DVD piratés, des photographies. Des documents à éplucher. Probablement des pistes à suivre…

La commandante Coralie Loubet feuilletait les photographies.

Des photographies prises à l'insu d'autrui. Des femmes photographiées sous leur jupe. Des commentaires sur certaines patientes.

— Il est tordu ton toubib. Regarde ce qu'il a écrit il y a dix jours : « patiente de 38 ans, en rémission d'un cancer du sein. Pose d'une prothèse au moment de l'ablation du sein malade. Vient en prévision d'une retouche esthétique. Son sein sain tombe par rapport à l'autre ».

— C'est quoi le problème, il est médecin ?

— Non, il a écrit en note à côté : « très excitante même déformée. À un cul à faire bander un mort ». Mon médecin n'a pas intérêt à écrire cela dans mon dossier s'il tient à rester un homme.

— C'est un homme quoi ! Certes médecin mais avant tout un homme…

— Non, il me semble tordu. Il écrit des commentaires déplacés sur chacune de ces patientes. Il photographie des femmes à leur insu. Et puis, il y a les soupçons d'abus sexuels sur ses internes.

— Vu la violence du meurtre, la piste de la vengeance est privilégiée. La question est : « qui lui en voudrait assez pour l'assassiner ainsi ? ».

Le lieutenant Cédric Dubourg n'arrivait pas à s'enlever l'image du Dr Thomas, quasiment nu avec le truc en plastique qui sortait. Le rapport d'autopsie était attendu pour aujourd'hui. Il y avait envoyé un bleu, histoire de lui apprendre la vie.

— Il vivait seul ; il a divorcé il y a un peu plus de six ans. Pas d'ennemis connus. Médecin bien apprécié…

— Qui semblait dépravé. Tu as convoqué son ex-femme ?

— Rendez-vous en visio. Elle est aux Bahamas depuis trois semaines. La vie de femme libérée lui rapporte un max. Son avocat nous a faxé les modalités du divorce : elle a reçu la moitié de leurs biens. 600 000 euros. Divorce à l'amiable réglé en trois mois.

— 600 000 euros !!! Quand j'ai divorcé le partage des biens m'en a rapporté seulement 20 000 euros…

— T'as pas divorcé d'un médecin aux honoraires exorbitants !

— J'y penserai lors de mon prochain mariage avec un banquier ou un médecin. Autant que mon deuxième divorce me permette de fuir au soleil !

— Tu vas te marier en prévision du divorce ? Où est l'amour dans tout cela ? Ah, le rapport d'autopsie est arrivé…

Victime de sexe masculin, Dr Paul Thomas 57 ans. Cause de la mort : égorgement par une lame de couteau, incision grossière. Hémorragie rapide par section des artères carotides. Heure de la mort entre 20 heures et 22 heures.

Victime retrouvée nue, pose de plusieurs clous *ante-mortem* sur les dix doigts de la main. Une brûlure sur le thorax correspondrait à l'utilisation d'un taser. Traces d'une morsure sur la verge. Sodomisé *ante-mortem* par un godemiché de la taille d'un avant-bras humain. Déchirures anales et rectales importantes.

— Il a sacrément dégusté avant de mourir. Ah, l'appel en visio…

Une femme mûre, accro à la chirurgie esthétique. Liftée à mort, poitrine bien ferme. Un teint super bronzé. Une femme que le divorce a embellie. Qui a dit que divorcer était une épreuve ?

— Bonjour, nous vous contactons concernant l'assassinat de votre ex-mari, le Dr Paul Thomas, survenu hier.

— Assassiné ? Ah le pauvre…

— Vous ne paraissez pas très affectée. Vous avez été son épouse pendant vingt ans, tout de même ?

— Paul était un coureur de jupons. Il a plus eu de maîtresses que d'années de mariage. Au début, cela ne me dérangeait pas. Il n'était pas regardant sur le budget. Il me laissait agir à ma guise. Je pouvais faire une virée par mois chez Chanel ou Dior. Vêtements haute couture, parfums de luxe, vacances dans des palaces, traiteur à domicile, des employés de maison également. Je n'avais qu'à me soucier de moi et rêver à ma prochaine razzia chez les grands couturiers.

J'avais l'impression d'être enviée par toutes mes amies. J'ai collectionné les amants tous beaucoup plus jeunes que moi. Quand j'avais besoin d'avoir un homme à mon bras pour me sentir désirable…

— Vous étiez mariée et aviez les avantages d'une célibataire… et de l'argent, beaucoup d'argent…

— Oui ! Nous nous étions rencontrés lors de son internat. J'appartiens à la bonne société toulousaine et il rêvait d'en faire partie, lui aussi. Le mariage, c'était la meilleure solution pour lui. J'ai toutefois posé des conditions. Il voulait travailler quelques années au CHU après son internat. J'ai accepté à condition de travailler ensuite dans une clinique de chirurgie esthétique. Il était passé en secteur deux avec des honoraires libres. Pourquoi être un esclave du secteur public quand on peut devenir un magnat du secteur privé ?

— Alors, où la vie de rêve a-t-elle échoué ? Votre dernier tailleur ne lui a pas plu ou bien la dernière robe a vidé son compte bancaire ? Non, il a refusé de financer vos derniers coups de cœur, les défilés ont commencé…, ironisa-t-il.

— Cessez votre ironie ou vos sarcasmes, inspecteur… Vous n'avez pas lu ses cahiers, encore ? Vérifier ces comptes bancaires ? Vous devriez… Mon ex-mari n'était pas qu'un homme volage ; c'était un violeur…

— Un violeur ?

— Oui, un violeur. Il abusait de ses internes. Des centaines… j'ai demandé le divorce quand je l'ai découvert. Je pouvais tolérer ses infidélités ; mais il m'était impossible de couvrir un criminel. Il rentrait de garde en insultant ses internes ; il était grossier concernant leur physique. Leur physique intime s'entend.

Parfois deux par jour. Il n'a pas négocié pour le divorce, il avait bien trop à perdre… Il a acheté mon silence. Je suis partie par amour pour lui. Je ne voulais pas le dénoncer, je ne pouvais pas. J'étais triste pour ces victimes mais c'était à elles de porter l'affaire en justice. Je ne pouvais pas l'incriminer, je ne pouvais pas…

L'appel coupa.

— Elle ne l'a pas dénoncé par amour, tu le crois toi ? Elle avait découvert qui il était en réalité et elle ne pouvait pas le dénoncer par amour ?

— Oui, l'amour de l'argent ! Si elle l'avait dénoncé, cet argent aurait été pour les victimes et non pour elle ! Tu t'imagines : avoir tout accepté, tout couvert et se retrouver sans rien ! Après avoir connu le luxe et l'apparat, se retrouver dans la misère par la faute de l'homme qu'elle n'aimait plus…

Mais, elle a dit qu'on devait lire ses cahiers, voir ses comptes. Un violeur, un violeur en série même… cela expliquerait la violence du meurtre. Allez ! On épluche tout. On verra bien si ce bon docteur était aussi moche que ce qu'elle prétend. Ce ne serait pas la première fois qu'une ex-épouse, furieuse d'avoir été quittée par un mari si généreux, noircisse la situation.

Ils se répartirent les cahiers : des dates, des initiales au départ. Des initiales toutes les semaines. Puis, des détails au fil des années. Des récits dès qu'il a été diplômé. Enfin, certain de son impunité, il écrivait même les noms de ces femmes.

Élodie Vargès : interne en cardiologie. Cul bien bombé. 90 C. J'ai pu la déshabiller sans résistance. Elle n'attendait que ça. Caressée, embrassée. M'a sucé divinement bien. Une pipe comme j'en rêvais. Une chatte de rêve. A probablement joui pendant que je la baisais.

Camille Vautrin : interne en anesthésie-réanimation. 100D. A un peu montré des réticences. Caressée et léchée. Pipe de rêve. Mal géré mon temps ; ai joui dans sa bouche.

— Quel homme délicat, quel raffinement ! Tu as des dates ?

— C'était le même jour. Il n'y a que ça : des noms, quelques lignes. Sur des années… Un violeur en série qui a violé des centaines de jeunes femmes, des milliers peut-être même… plusieurs victimes par semaine. Toutes potentiellement suspectes. Regarde celles-là :

Myriam Benhamid : 95 B. externe.

A supplié que je ne la baise pas. Doit rester vierge pour son mariage. Enculée sauvagement, a crié, jouissance explosive. A saigné mais m'a remercié.

Coraline Subra : 80 A. externe. Beaucoup trop plate sans ses bonnets rembourrés. N'aime pas les tricheuses. Baisée sans aucun égard pour elle. Qu'elle revienne après une pose de prothèses mammaires.

Lucie Cabrol : 90 B interne en neurologie. Dernière victime. Le bon temps est fini. Ai pris mon temps. Embrassée, m'a sucé divinement. Ai pris le temps de la baiser pour qu'elle ait mal. A gémi pendant que je l'enculai. Dernière jouissance. Mes internes et leurs culs fermes me manqueront.

— Cela pourrait expliquer son viol avant sa mort. Et des détails comme cela, il y en a des centaines. Je crois que l'ex-femme a bien décrit la situation. Paul Thomas était un violeur très prolifique. Et dire que, professionnellement parlant, il passait pratiquement pour un saint. Empathique, courtois, à l'écoute de ses patients. Pro, c'était un ange, pour le reste le diable. Il avait plus d'ennemis que les parrains de la mafia. Des milliers de victimes ont probablement souhaité sa mort. L'une d'elles a probablement franchi la ligne jaune.

— Tu as remarqué : il y a trois noms soulignés : Célia Sauteron marquée PB réglé ; Laure Dubroca marquée PB réglé. Louise Bourdin : pas revenue. Doit être surveillée.

— Je vérifie… Punaise, les deux premières ont porté plainte pour viol et ont retiré leurs plaintes deux jours plus tard. Pourquoi ?

— À mon avis regarde les dates des dépôts de plaintes et les comptes de Thomas. Les dates coïncident : il les a payées 250 000 euros chacune pour qu'elles se rétractent.

— Mais où a-t-il trouvé une somme pareille ? Et surtout aussi rapidement ?

— Un virement a été fait sur son compte par un généreux donateur. Compte basé dans un paradis fiscal…

— Qui a bien pu l'aider à enterrer ces affaires et pourquoi ? Aucune info sur la troisième, celle marquée pas revenue ?

— Non, elle n'a pas porté plainte en tout cas. Il a ainsi économisé 250 000 euros ; son généreux donateur a dû être satisfait. Aucune idée de qui ni de pourquoi mais je pense que le bon Dr Thomas avait d'autres secrets plus inavouables que d'avoir violé plusieurs internes par semaine pendant des années…

— Il faut qu'on retrouve ces trois femmes. Elles sont probablement la clef du mystère…

— Je ne crois pas. Elles auraient pu porter plainte. Il faut visionner les DVD.

Forcer les fichiers de son ordinateur. Je sais qu'il y a plus sordide, plus grave… Son sauveur avait bien une bonne raison pour l'aider à enterrer les deux plaintes.

— Tu penses à quoi ? Enfin, on sait qu'il n'était pas un parangon de vertu. Avoir été un violeur en série n'est pas suffisant à tes yeux ?

— Je ne sais pas : pédophilie, torture, meurtre. Le si bon Paul Thomas était un monstre. Il n'avait probablement rien à envier aux pires criminels de France. On doit percer ses secrets, nous n'allons pas être au bout de nos surprises.

Notre victime était un bourreau.

CHAPITRE X

Le Dr Célia Sauteron n'avait pas été difficile à débusquer. Elle vivait à Toulouse ; elle était psychiatre. Psychiatre spécialisée dans la thérapie de victimes d'abus sexuels. Cela avait été sa méthode pour transformer une agression sexuelle en expérience positive.

Elle reçut simplement la commandante Loubet. Elle était déjà au courant pour le meurtre du Dr Thomas. Ce crime avait eu la faveur des gros titres des journaux. Un médecin respecté de la ville assassiné en rentrant chez lui, pensez donc ! Ah, le monde était devenu fou, tuer un docteur… s'indignait la bonne société bien-pensante.

Elle n'arrivait pas à être triste, ni horrifiée. Elle ne ressentait qu'une profonde indifférence envers la sordide fin d'un homme qu'elle ne pouvait pas plaindre. Elle éprouvait au contraire une profonde affection pour la personne qui l'avait rayé de la carte. Pour celle qui, quelque part, leur avait rendu justice à toutes.

— Vous avez porté plainte pour viol et vous l'avez retirée. Pourquoi avoir agi ainsi ?

Non, commençons par le début… Que s'est-il passé ? Inutile de préciser qu'elle le savait déjà. Au contraire…

Célia vient de terminer sa journée. Son mentor l'appelle dans son bureau. Elle ignore pourquoi. Sur le chemin, elle appelle sa compagne, Aurélie et raccroche en arrivant à la porte. Ses derniers mots « bisous, ma chérie, je t'aime. »

Il a tiqué dur le pronom possessif : « ma ». Elle n'a pourtant jamais fait mystère de son homosexualité.

Il s'approche d'elle, un dossier à la main. Elle tend sa main pour le prendre. Il la pousse contre le bureau. Il arrache les boutons de sa chemise, arrache aussi celui de son jeans.
Il la regarde quelques secondes en sous-vêtements, les déchire en la traitant de « sale gouine ».
Elle le dégoûte, elle le sent. Il lui mord les seins, ses doigts s'enfoncent en elle. Il se masturbe sur elle. Il la balance sur son bureau et la pénètre. Il étouffe son cri avec sa main. Il tente de l'embrasser mais lui mord encore les lèvres. Ses mouvements la transpercent ; elle entend des personnes passer pas très loin de là. Elle prie en silence pour que personne n'entre. Il se retire d'elle enfin. Il n'a même pas mis de préservatif; pense-t-il qu'elle a un moyen de contraception ? Elle pense déjà aux possibles conséquences.
Il n'a malheureusement pas fini. Il veut lui faire découvrir tous les avantages d'être hétérosexuel.
Il fourre sa verge dans sa bouche. Un goût de sperme et d'urine. Il l'a prise par les cheveux, il bouge sa tête au rythme qui lui convient. Longtemps, trop longtemps. Cela lui suffira espère-t-elle.
Il préfère la retourner pour s'enfoncer à nouveau en elle par voie anale. Elle étouffe elle-même son cri. Elle gémit, il ricane. Elle jurerait qu'elle est avec lui depuis des heures.
Il éjacule sur son visage et s'adresse enfin à elle :
Elle peut te faire jouir ainsi ta copine ? Non, je suis sûr que non. T'avais besoin d'un mec pour ça.
Il lui crache dessus et sort sans un regard pour le corps inerte qui gît sur son bureau.

La policière lui laissa un peu de temps pour digérer son récit. Elle avait beau les entendre à longueur de journée, elle ne s'y ferait jamais.

« On n'imagine jamais à quel point cela peut être douloureux et difficile de dévoiler des actes intimes. Le viol est une question de pouvoir et d'humiliation. Ce n'est pas parce qu'elles sont victimes, qu'elles n'ont pas honte de raconter leur histoire. Honte et humiliation, elles en ont plus conscience que leur agresseur » pensa la policière.

— Après, je suis partie. J'aurais bien voulu pleurer mais je n'y arrivais pas. Heureusement, ma compagne travaillait ce soir-là. Elle ne m'a pas vue rentrer, débraillée.

Mon réflexe a été de me ruer dans la salle de bains. Je voulais effacer tout cela. J'ai cru que cela suffirait. Je ne pouvais pas m'imaginer aller déposer plainte et me laisser examiner dans cet hôpital que je venais de quitter.

Le lendemain, je suis retournée dans le service ; j'ai fini mon semestre. J'ai essayé d'être le moins possible en contact avec lui. Il ne me fuyait pas, au contraire. Il m'observait, méprisant ou indifférent. Au choix. Se souvenait-il seulement qu'il avait abusé sexuellement de moi ? À la fin, j'ai fait valoir mon droit à l'erreur et j'ai entamé un internat en psychiatrie.

Aurélie, ma compagne n'aurait jamais rien su. Je ne voulais rien lui dire.

Mais l'absence de contraception a fait que j'ai dû faire un test de grossesse qui s'est avéré positif.

J'ai eu droit à une scène. J'ai hésité à crier encore plus fort. Je voulais lui hurler que je ne l'avais jamais trahie. Mais, je me suis écroulée en larmes et je lui ai lancé mes vêtements déchirés. Je les avais conservés roulés en boule dans le fond de mon armoire au lieu de les jeter. Je n'aurai jamais dû garder les traces indélébiles de mon humiliation. Elle aurait pu les trouver. C'était tout ce que je possédais pour lui prouver que je n'étais pas responsable. Elle m'a reproché de ne lui avoir rien dit, de ne pas l'avoir laissée m'aider.

Elle m'a convaincue de déposer plainte, en dépit du fait qu'il n'y avait plus de preuves. Je savais que ça ne servirait à rien. Je l'ai fait.

Je me suis fait avorter et j'ai quitté ma compagne. Je ne supportais plus qu'on s'approche de moi.

Mon violeur a proposé une somme d'argent conséquente pour que je retire ma plainte.

Je voulais laisser tout cela derrière moi. La somme a été une bonne raison.

Maintenant, ma vie est d'aider les personnes victimes de traumatismes. J'ai l'impression de m'aider moi aussi. Elles pensent que je ne les comprends quand elles n'ont pas réussi à porter plainte, quand elles ont préféré se doucher, effaçant ainsi les preuves.

Moi non plus, je ne le comprenais pas avant. Mais, il faut un courage inouï pour accepter un examen gynécologique juste après avoir été violé. À moins que quelqu'un ne vous prenne par la main pour y aller…

Ce type m'a arraché ma confiance en moi et en les autres. Il m'a enlevé la femme de ma vie. Alors, je suis ravie que quelqu'un lui ait fait payer ses actes délictueux. J'espère aussi qu'il a eu le temps de souffrir.

— Et où étiez-vous…

— Chez moi avec ma compagne. Elle pourra confirmer.

Pendant ce temps, le lieutenant Dubourg s'entretenait avec la famille de Laure Dubroca dont il n'avait pas réussi à retrouver la trace.

Il apprit qu'elle s'était suicidée quelques semaines après avoir touché la somme d'argent achetant son silence.

Il s'entretint avec ses parents, ou plus particulièrement son père. Celui-ci ne cachait pas son amertume, ni même le fait qu'il tenait la police de l'époque comme autre responsable. À croire que les forces de l'ordre avaient fait pression sur elle pour qu'elle retire sa plainte.

— Alors, vous enquêtez sur le meurtre de Thomas ? Vous dépensez l'argent du contribuable pour une ordure pareille ?

Vous avez une idée du nombre de vies qu'il a détruites ? Vous n'auriez pas plutôt dû vous concentrer sur elles ? C'est bien votre rôle de faire respecter la loi et de protéger les victimes ?

— Plusieurs centaines, des milliers éventuellement. Mais pour nous, la victime est le Dr Thomas en ce moment. C'est lui qui a connu une mort violente. Nous ignorions son passé de criminel en série.

— Et vous ne pensez pas que son meurtrier mériterait une médaille ?

— Vous pouvez me raconter ce qui s'est passé avec votre fille ?

— Je suis ouvrier, Laure a été la première de la famille à faire des études. J'ai fait toutes les heures supp' possibles pour les financer. J'étais si fier d'elle ; elle s'était donnée à fond. Planchant jour et nuit pour s'en montrer digne.

Et puis, il y a eu son stage dans le service de ce porc. Elle s'investissait jusqu'au bout, travaillait plus que le temps demandé.

Un jour, tout a changé. Je l'ai vu s'éteindre. Elle ne mangeait plus, ne souriait plus. On aurait cru que la vie l'avait quittée subitement.

On ne comprenait pas, on essayait de comprendre. Puis un jour, elle a craqué et nous a avoué que ce porc avait abusé d'elle. Comme plein d'autres avant elle. Comme plein d'autres encore après elle.

On a exigé qu'elle porte plainte. On ne pouvait pas laisser passer ce crime.

Elle l'a fait. Quelques semaines plus tard, elle a accepté l'argent qu'il lui proposait pour la retirer.

Elle a accepté contre notre volonté. L'argent n'est pas une compensation suffisante pour l'honneur perdu.

Elle s'est suicidée quelques jours après. Elle avait laissé une lettre pour dénoncer Thomas.

Cet argent m'a servi à payer ses obsèques. Elle devait se reconstruire, aller mieux et terminer ses études. Maintenant, elle est morte et lui, il a pu continuer sa petite vie de monstre organisé.

C'était mon unique enfant. J'ai perdu ma raison de vivre. Ma femme a contracté la maladie de Charcot. Elle est en fauteuil roulant à l'heure actuelle.

Encore quelques années et elle rejoindra Laure. Je me retrouverai tout seul.

Alors, oui, je suis ravi que ce salaud soit mort. J'espère qu'il a bien morflé avant de mourir. Mon seul regret serait qu'il ne soit mort qu'une fois !

Je souhaite qu'il brûle en enfer.

Et non, je ne l'ai pas tué, sur un ton qui témoignait de sa déception. J'aurais bien voulu, cependant.

Il congédia le policier d'un signe de main. En sortant, il appela sa coéquipière :

— Tu as appris quoi ?

— Elle est ravie de sa mort. Elle ne me l'a pas caché. Il l'avait collée enceinte en abusant d'elle. Mais son alibi est confirmé ; ce n'est pas elle. Elle était avec sa compagne au moment du meurtre. Il s'est acharné sur elle à cause de son homosexualité. Ah, au fait, tu as rendez-vous demain avec Louise Bourdin, elle vit à Bordeaux. Et toi ?

— Laure Dubroca s'est suicidée. J'ai parlé à son père. Il faut le mettre sous surveillance. C'était son unique enfant et sa femme a une maladie neurodégénérative incurable.

Il n'a plus rien à perdre. Il maintient qu'il ne l'a pas tué. Toutefois, il est aussi ravi de sa mort. Mais, il y a un truc…

— Quoi ?

— Je ne sais pas, un sixième sens, une intuition… Je sais qu'il m'a menti. Il en sait beaucoup plus…

— On va lui coller une filature si tu le souhaites. En fait, on n'est pas beaucoup plus avancé.

Tout le monde souhaitait sa mort et tout le monde a un alibi.

On pourrait passer des mois à interroger toutes ses victimes. En supposant qu'on les retrouve toutes bien entendu…

— Et pourtant, je reste persuadé qu'il y a autre chose et que c'est pour cela qu'il a été assassiné.

— Mais que peut-il avoir fait de pire ?

Chapitre XI

Le Dr Louise Bourdin regardait le lieutenant assis en face d'elle. Elle avait déjà compris que l'affaire était grave. Une amie lui avait appris la mort du Dr Thomas. Internet lui avait confirmé. Au fond, le bras armé de la justice avait enfin frappé. Elle ne plaignait pas la victime de cette justice expéditive. Elle était loin d'être innocente.

— Que puis-je pour vous, monsieur ? Que me vaut l'honneur d'être interrogée par un policier ayant fait plusieurs centaines de kilomètres ? Je ne suis jamais retournée à Toulouse depuis mon internat.

— Je suis le lieutenant Dubourg. Excusez-moi de vous déranger, Docteur, mais nous enquêtons sur un meurtre et votre nom est apparu…

— Mon nom ? Comment ?

Thomas n'avait quand même pas poussé l'ignominie jusqu'à écrire son nom, la date et ce qu'il lui avait fait. Avait-il besoin de se rouler dans son infamie et de l'éclabousser en même temps ?

— Le Dr Thomas a été assassiné il y a trois jours. Une mise en scène macabre qui fleure bon la vengeance. Il a été égorgé après avoir été violé et laissé ainsi. Tenez voici une photo.

Elle regarda fixement cette photo, la mise en scène était choquante. Elle devrait détourner le regard mais n'y arrivait pas. Il avait eu une fin digne de sa vie.

— En creusant, nous avons découvert qu'il avait des penchants particuliers. Il abusait de ses internes et votre nom est apparu. Des centaines ou des milliers. Vous n'étiez que l'une d'entre elles. Docteur ?

Elle est épuisée, sa journée de garde vient de se terminer. Elle rêve d'une bonne douche et de quelques heures de sommeil mais on frappe à la porte. Le Dr Thomas se tient devant elle, un dossier à la main. Il entre pour lui demander son avis. Mais il la plaque contre le mur. Elle veut parler, crier, le frapper mais elle se sent étouffée. C'est lui qui validera son semestre, elle le sait, elle ne le sait que top bien. Lui n'hésite pas ; il l'a déjà déshabillée, relever le haut et baisser le bas. Il la caresse, ses lèvres dans son cou. Il a déjà pris possession de ses seins, elle a l'impression d'être engluée dans une toile d'araignée. Il la décolle du mur et lui pétrit les fesses. Elle se sent impuissante et elle a honte. Honte de son impuissance, honte de sa nudité. La sienne, alors que celle de ses patients, elle ne la remarque plus. Honte aussi de cette érection qu'elle sent malgré elle. Elle se sent plus vulnérable que le jour de sa naissance et elle n'arrive à rien faire.

Elle sent ses mains glisser entre ses cuisses, ses lèvres happer le bout de ses seins puis qui dérivent vers ses lèvres. Il l'embrasse, ses doigts s'enfoncent en elle. Elle se sent plus violée par cette langue qui fouille sa bouche que par les mouvements de va-et-vient de ses doigts en elle. Elle comprend que plus rien ne sera comme avant. Tiens, il lui parle. Ne comprend-il pas qu'elle n'est qu'un pantin désarticulé ? Une poupée qui n'a pas d'oreilles, ni de cerveau. Ses mains enserrent son cou pour capter son attention.

— Ma jolie, tu vas me sucer lentement et après je t'enculerai si violemment que tu hurleras de douleur.

Il la force à se mettre à genoux et baisse enfin son pantalon. Son gland passe sur son visage et force sa bouche. Un spasme nauséeux le repousse une seconde mais il repousse tout. Un réflexe vient malgré elle, elle mord cette verge. Il crie de surprise ou de douleur. Elle remonte son pantalon et sort en courant. Elle fuit torse nu. Quiconque la verrait, elle s'en fiche. Elle remet son haut d'un geste rapide et sort de l'hôpital. Elle sait que demain, elle ne reviendra pas dans ce service.

Ainsi, il avait passé sa carrière à casser des internes. Elle n'en était pas surprise. Il les prenait et les jetait. Elles n'avaient jamais eu pour lui une quelconque importance. Il les oubliait à l'instant où il quittait la pièce, étant déjà sur la trace d'une autre proie. Elles, ses victimes, n'avaient jamais réussi à l'oublier.

— Docteur, vous m'entendez ?

— Oui, excusez-moi. J'ai en effet été interne dans son service, il avait la réputation d'avoir les mains baladeuses (l'euphémisme de l'année). Mais de là à l'assassiner…

— Vous pensez que personne ne lui en veut ?

— Pas moi, en tout cas…

Elle se mordit les lèvres, mais trop tard.

— Il a donc abusé de vous, n'est-ce pas ?

Il était inutile de nier maintenant.

— Oui, hélas mais je n'y suis pour rien. J'étais ici cette journée et de garde la nuit.

— Vous connaissez d'autres victimes ? Nous avons beaucoup de difficulté à en localiser. Il n'y avait parfois que de simples initiales « Je ne connais pas d'autres victimes mais je sais qui a fait cela », pensa-t-elle.

Mais elle secoua la tête en signe de dénégation. Le lieutenant l'avait vue se refermer, elle avait des doutes sur une identité mais elle ne dirait rien. Pas maintenant, en tout cas.

— Si jamais vous pensez à quelque chose, n'hésitez pas à me contacter.

Elle promit mais il savait déjà qu'elle n'en ferait rien. Mais, elle avait un alibi, un solide alibi. Retour à la case départ avec un mort et une liste de potentiels assassins qui promettait d'être longue. Il la laissa, il lui restait trois heures pour rentrer.

Elle essayait de refaire surface mais elle n'y arrivait pas. Il fallait agir, faire quelque chose. Elle décrocha le téléphone et appela sa consœur, lui demandant de venir de toute urgence, ses patients attendraient.

Céline Varton entra. Elles avaient fondé cette clinique ensemble.

L'endocrinologie est une discipline vaste et les journées étaient longues.

— Je viens de voir la police partir. Que se passe-t-il ?

— Le Dr Thomas a été assassiné il y a trois jours.

— Qui ?

Louise soupira et murmura :

— Promets-moi de ne pas m'interrompre. Il a été mon maître de stage pendant mon internat. Un bon praticien mais qui considérait ses internes féminines comme des objets. Il était connu pour avoir les mains baladeuses et même pire. Un soir, il a abusé de moi. J'ai fait comme tout interne, je n'ai jamais rien dit…

Son amie avait pâli.

— Il t'a agressée sexuellement ?

— C'est dérisoire ce qu'il m'a fait. Quelques attouchements et une pénétration… digitale, murmura-t-elle d'une petite voix.

— En gros, il t'a violée. Oui, dérisoire, c'est le mot qui ne convient pas. Tu n'en avais jamais parlé, je présume ?

— J'ai tout enfoui et je pensais que personne ne saurait jamais. En fait, j'ai fait le contraire de ce que nous conseillons à nos victimes d'abus sexuels.

— Et, quel est le rapport avec sa mort ? Il ne croit tout de même pas que tu l'as tué !

— Non, mais ils ont enquêté sur lui et son passé d'abuseur est vite ressorti et vu sa mort, la police pense à une vengeance.

— …

— Il a été égorgé après avoir été cloué à une table et surtout, surtout, il a été violé avec un godemiché d'une taille démesurée avant d'être achevé. Il a d'ailleurs été exhibé ainsi.

Le Dr Varton préféra ne pas relever l'horreur de la mise en scène.

— Même un violeur ne mérite pas de mourir ainsi…

— Le problème c'est que je sais qui a fait cela. Ta patiente qui a été séquestrée et torturée, je lui ai parlé une fois et ce qu'elle m'a dit a fait écho en moi : l'un de ses tortionnaires, c'était le Dr Thomas.

— Tu crois qu'elle se venge ? Nous ne pouvons pas couvrir un meurtre, nous devons le signaler…

— Je ne suis pas d'accord, elle ne fait que rayer de la carte des monstres.

— Tu penses cela car il a abusé de toi. Mais il y a la loi à respecter…

— La loi, elle a essayé de lui faire confiance. Regarde ce qu'elle lui a apporté… rien. Si la loi avait fait son travail, elle ne serait pas obligée de se faire justice… ils seraient tous les trois en prison. Essayant d'esquiver les assauts de leurs compagnons de cellule. Un sort que mériterait Paul Thomas, lui qui abusait de plusieurs internes par semaine. Certaines ont sûrement abandonné leurs études et ne se sont jamais remises. Comme ta patiente, elles rêvent aussi de justice…

— Elle ne se fait pas justice, elle se venge. Je doute que ce soit la même chose.

D'autant plus qu'elle est loin de les exécuter.

— Tu ne peux pas comprendre… Il a eu une mort qu'il méritait sans le moindre doute…

— Pourquoi ? Car j'ai mené une vie sans cris ? Tu penses que parce que je n'ai jamais rien vécu de sordide, je ne comprends pas qu'elle veuille se venger. Je sais quelle a toujours voulu leur faire tester leurs méthodes. Je sais que c'est cet espoir qui l'a fait tenir. Je sais que nous devons protéger nos patients. Je sais que mes paroles sont dérisoires à côté de sa souffrance et probablement de la tienne aussi. Moi aussi, j'aurais souhaité que ces monstres paient. Pour elle, pour toutes celles qu'ils ont probablement assassinées. Mais, il est hors de question que je protège une meurtrière. Nous devons protéger la vie et peu importe la valeur de cette vie…

— La valeur de la vie en question, c'est bien le problème…

— Si c'est elle, tu sais aussi qu'elle n'a pas fini. Il y en aura d'autres, des morts…

— Donne-moi son dossier, je veux l'étudier pour tenter d'y voir plus clair. Elle ne tuera personne d'autre ce soir. Laisse-moi réfléchir au calme, je rappellerai le lieutenant de police demain.

— Pourquoi seulement demain ?

Allait-elle lui admettre qu'elle pensait qu'ils méritaient tous les trois de finir ainsi ?

— Pour me persuader de prendre la bonne décision. Pour arriver à me convaincre qu'il ne devait pas mourir de cette manière. Qu'il méritait un procès juste et pas un lynchage. Que, finalement, j'arrive à trouver monstrueux qu'il soit mort ainsi.

Chapitre XII

Octave Dubroca avait conduit Camille à la planque. Un immeuble dangereux sur le point d'être démoli. Un panneau « danger d'éboulement » dissuaderait quiconque voulant squatter l'immeuble. L'endroit idéal pour séquestrer le deuxième, le dernier dont elle avait l'adresse. La sienne autrefois ; il n'avait jamais déménagé. Il n'avait jamais été inquiété, à aucun moment. Elle ne pouvait se laisser aller à une vengeance expéditive. Elle ne savait toujours pas où vivait le dernier.

Elle observa Octave poser une barre solide, la barre qui maintiendrait Benbarka attaché. Sur un matelas. À côté seraient posés plusieurs seaux, il ne souffrirait ni de la soif, ni de la faim. Il ne serait pas non plus contraint de végéter dans ses déjections.

Octave avait maintenant de sérieux doutes sur la réussite de son plan. Trop humaniste… Il avait été ravi de la voir répondre à son message. Elle souhaitait prendre sa revanche sur trois hommes. Thomas en faisait partie. Il avait été enchanté qu'il soit le premier à y passer. Ils vengeraient Laure et toutes les autres, victimes qui resteraient à jamais anonymes.

Toutefois, l'assassinat du si bon docteur lui laissait une profonde amertume. Elle l'avait tué trop rapidement, trop lâchement aussi. Il était caché par un arbre ; il était là en renfort au cas où… Au cas où l'effet de surprise ne suffirait pas… Cette place privilégiée lui avait surtout permis d'être aux premières loges. Il ne voulait pas manquer l'agonie de ce monstre. Camille était déterminée à le faire payer, à lui faire payer deux mois d'atrocités. Il s'était pris à rêver de plusieurs heures de représailles. Il avait été déçu. Elle avait tout juste planté quelques clous comme à regret. La cloueuse était pleine pourtant. Il avait apprécié l'entendre crier même si ce moment avait été trop bref à son goût. Un moment d'extase quand elle l'avait violé, ses cris pitoyables. Alors que ses victimes refusaient la plupart du temps de lui offrir ce plaisir en plus du reste. Il l'avait vue s'énerver ; il avait voulu sortir de l'ombre, prendre les rênes.

Continuer, jouer avec le couteau. Trop tardivement, elle l'avait déjà égorgé. Reléguant aux oubliettes son rêve de l'émasculer et de lui coller le tout dans la bouche… Juste qu'il sache pourquoi il mourrait et le tuer ensuite.

Elle l'avait déçu mais il souhaitait continuer à lui apporter son aide. Sans lui, elle n'avait aucune chance d'enlever les deux autres. Mais elle devrait s'endurcir et vite. Se souvenir de la haine et de la peur qu'ils lui avaient inspirée. Enfin au début la terreur, la haine étant sûrement arrivée dès sa libération. Elle était occupée à survivre et à remonter la pente. Le calme et la vengeance sont antinomiques. Ou alors, elle s'en voulait encore plus qu'à eux. La victime plus coupable que les monstres. Pas de quoi donner l'élan de la vengeance. Pensait-elle qu'il lui donnerait le nom et l'adresse du dernier par pure gentillesse ?

Il était résolument contre le fait de le nourrir, de lui donner à boire, ou un dernier seau. N'avait-elle souffert ni de la faim, ni de la soif durant sa séquestration ? N'avait-elle pas végété dans ses propres déjections ? Ne souhaitait-elle vraiment pas appliquer la loi du talion ? Il lui posa une question sans réponse. Il la vit les yeux dans le vague ; il connaissait cette expression.

Laure avait la même quand elle plongeait dans ses souvenirs douloureux. Il ne lui serait d'aucun soutien, il la laissa. Il devait aller fleurir la tombe de Laure pour lui annoncer que son bourreau était mort, qu'il avait enfin payé. Camille saurait le contacter pour enlever Benbarka. Il emprunterait le fauteuil roulant de Monique et son véhicule était aménagé pour pouvoir le charger. Ils avaient trafiqué avec leurs médicaments respectifs un sédatif pour le neutraliser.

Camille était les yeux dans le vide ; elle avait fui sa planque.

La faim lui tordait le ventre. Le dernier bout de pain rassis datait de plusieurs jours. L'eau chaude qu'elle buvait ne comblait pas son estomac vide. Elle aurait tant voulu avoir un truc à se mettre sous la dent. Elle allait tenter sa chance, celui qui était avec elle paraissait d'humeur magnanime. Elle lui demanda à manger dans ton humble. Parfaitement lucide sur le fait qu'elle devrait le payer. Il la regarda fixement, lui apprit que son voisin devait lui apporter à manger tous les jours. Ne le faisait-il pas ? Il promit de lui amener à manger et sortit.

Elle savait qu'il reviendrait les mains vides dans quelques minutes. Histoire de la narguer et de reposer sa carte bancaire sur la table. Elle ne croyait plus à une once de bonté en eux. Et pourtant, il revint les mains non vides. Il lui avait pris deux bananes, un paquet de gâteaux au chocolat, du pain et une petite bouteille de soda. Il posa le tout sur un tabouret auprès d'elle, ouvrit les bananes, les gâteaux, la bouteille, coupa le pain en petits bouts. Il avait bien conscience que ses mouvements seraient limités, s'assura qu'elle pourrait se servir seule avant de la laisser seule. Enfin repue, elle se sentit envahie par une douce somnolence. Un profond sommeil l'emporta.

Elle secoua la tête. Celui qui avait eu un éclair de gentillesse en lui donnant à manger n'était plus. Il valait mieux se concentrer sur le suivant. Thomas ne lui avait pas donné le dernier. Elle ne le lui avait pas demandé non plus ; elle n'y avait d'ailleurs pas songé. Il faudrait être moins expéditif avec celui-ci.

Il venait la voir tous les jours pour lui donner à manger. La louche de soupe où il vidait au choix salière ou poivrière. Le breuvage trop salé qui augmentait sa déshydratation, celui trop épicé qui lui avait fait passer une nuit avec la compagnie d'intolérables brûlures tout le long du trajet digestif. Il lui avait en plus souhaité de passer une excellente nuit. Il avait sûrement rêvé de sa si douce nuit. Il était au moins aussi répugnant que

les autres mais n'était pas une machine à baiser. Il avait déjà eu des pannes d'érection. La première fois, il avait bien voulu passer l'éponge. La deuxième, il l'avait battue. Il avait marqué la troisième fois d'une pierre blanche. Elle s'acharnait depuis près d'une demi-heure. Aucun frémissement. Il la repoussa d'un geste rageur, simple jouet dont il n'avait plus l'utilité et partit. Son calme apparent lui faisait craindre de sévères représailles. Il revint avec un sac-poubelle rempli mais très léger. Un autre était passé, le dernier venait d'arriver. Il la regarda en train d'exciter avec sa bouche et sa langue sa verge. Tout était normal. Il enrageait sur cette chienne incapable de le faire jouir, lui. Maie elle allait apprendre ce qui lui coûterait de le défier. Il la mit debout, son ami était peu ravi d'attendre deux minutes. Il couvrit la bâche en plastique d'orties puis ils la forcèrent à s'allonger à plat ventre dessus. Il invita son compère à finir ce qu'il avait commencé. À chaque poussée, son corps partait en avant. Les orties la brûlaient un peu plus à chaque fois. Après avoir fini, ils lui enfilèrent une de ses culottes avant de glisser des orties à l'intérieur. Aussi à l'intérieur d'elle. Elle le supplia de la laisser réessayer, elle obtint en retour « boucle-la ou je t'en fous aussi dans la bouche ! » Elle avait l'impression d'être allongée sur une plaque chauffante.
Bientôt une miction attiserait cette brûlure.

Camille doutait pouvoir être capable d'une telle sauvagerie. Elle voulait une version soft.

Pendant ce temps, au commissariat, les deux policiers gambergeaient sec. Ils continuaient à chercher les victimes de Paul Thomas. Histoire d'avoir l'impression de faire quelque chose. Deux victimes s'étaient présentées spontanément au commissariat. Toutes les deux infirmières, toutes les deux coincées par Thomas dans un des nombreux sous-sols de l'hôpital. À la sortie de leurs heures de travail. L'une d'entre elles était restée deux heures avec lui. Violée à de multiples reprises ; elle n'avait jamais déposé plainte. Le vice du

Dr Thomas était bien connu de tous… Jamais satisfait, considérant les femmes comme de simples jouets sexuels. Il ne se serait jamais abaissé à fréquenter une prostituée, il voulait des gémissements de douleur, des larmes, des corps qui se raidissaient. Pas étonnant que son épouse ait fui, il ne la touchait plus depuis longtemps. Elle ne pouvait pas lui offrir ce qu'il voulait, un corps non consentant.

Chapitre XIII

Camille attendait camouflée dans l'obscurité. Rachid Benbarka n'allait pas tarder à sortir pour prendre son poste d'ingénieur à Airbus. Elle avait une seringue à la main avec un super sédatif. Il ne se rendit compte de rien, ignorait-il la mort de son cher ami ? Il ne paraissait nullement sur ses gardes. Il s'écroula lourdement sur le sol. Son corps provoqua un bruit sourd dans le silence de la nuit.

Le lieutenant Dubourg roulait vers Bordeaux. Louise Bourdin avait réfléchi. La nuit porte conseil, c'est bien vrai. Un revirement de situation qu'il n'aurait pourtant jamais espéré aussi rapide. Il espérait une avancée majeure ou alors il allait essuyer les foudres de son commissaire et du procureur. Deux trajets à Bordeaux en deux jours ! Toutefois, le Dr Bourdin avait insisté ; elle voulait réellement lui parler de vive voix.

Pendant, ce temps, les autres vérifieraient son ordinateur et visionneraient les DVD. Une percée qu'il souhaitait décisive sur la noirceur du personnage.

Plus que quelques kilomètres. Bientôt la clinique serait en vue. Il n'imaginait que trop bien le dilemme du médecin.

Elle avait les traits tirés, elle n'avait probablement pas fermé l'œil de la nuit. Il s'assit et attendit.

— Bonjour et merci d'être revenu. Ma consœur et amie a su me convaincre de la nécessité de vous avouer une information que vous ignorez visiblement.

Je ne brise pas le secret médical ; ce n'est pas ma patiente. Notre seul point commun est d'avoir été victime du même homme. Elle l'ignorait cependant.

Il esquissa un mouvement, voulut poser une question. Elle lui intima d'un geste l'ordre de la laisser parler. Elle avait trop peur de ne pas pouvoir reprendre sa confession.

— Je ne suis pas en train de vous parler de l'une de mes collègues internes ; je ne vous aurai pas fait revenir pour cela.

Je vous parle de faits beaucoup plus graves et vous précise qu'il y aura d'autres victimes.

Camille Védrine, voici celle que vous cherchez. Ma collègue viendra vous expliquer de quoi il retourne.

Une femme entra, en effet et se présenta, le Dr Céline Varton.

« Je n'ai encore jamais vu autant de médecins qu'en trois jours. Pensa-t-il. Un signe de la Providence ou de la sécurité sociale : je ne m'occupe pas assez de ma santé. Ma dernière prise de sang date de quand déjà ? »

Elle ne perdit pas de temps en préambule. Elle avait à la main un dossier assez épais dont l'étiquette portait le nom de Camille Védrine.

— Camille Védrine 29 ans, orpheline, née à Toulouse. Sans profession. Sa vie n'a été qu'une suite de drames. Ses parents sont décédés dans un accident de voiture quand elle avait 6 ans. Elle a grandi dans un foyer de L'ASE. Une petite brillante, elle a eu le bac à 15 ans. Double cursus en droit et sciences politiques…

Il n'arriva pas à réprimer un mouvement de surprise. Elle n'était pas étudiante en médecine. Et pourquoi préciser d'autres morts ?

Son portable vibra à plusieurs reprises dans sa poche. Il le regarda discrètement. Quatre appels de Coralie, plusieurs messages…

Le Dr Varton reprit la parole, elle semblait peser chacun de ses mots :

— En endocrinologie, nous avons beaucoup de victimes d'abus sexuels, le plus souvent durant l'enfance. Mlle Védrine ne fait pas exception à la règle, à un détail près.

Elle était adulte. Cela s'est passé dans le logement qu'elle louait à Toulouse durant ses études. L'adresse se situe dans son dossier. Je vous le donnerai tout à l'heure. Elle a été séquestrée pendant plusieurs semaines. Ils étaient trois. Ils l'ont torturée, elle s'est défenestrée pour se sauver.

— Comment savez-vous que l'un d'entre eux était Paul Thomas ? Elle vous l'a confirmé ?

— Une des phrases préférée de son violeur était : « je t'enculerai jusqu'à ce que tu hurles de douleur ». C'est mot pour mot ce qu'il m'a dit, il lui disait en se vantant de ses autres victimes, internes en médecine. Elle l'a décrit, c'est bien lui. Il n'y a pas de doute sur le fait que c'était bien l'un d'eux.

Le lieutenant Dubourg avait vu juste. Le Dr Thomas était un tortionnaire. Il commençait à craindre ses futures découvertes ; jusqu'à quelles ignominies ce trio avait-il bien pu aller ? Son téléphone vibra à nouveau. Il préféra l'ignorer.

— Ils étaient trois, dites-vous ?

— Lisez son dossier, vous verrez. Son adresse y figure. Je vais mettre à jour ma paperasse en attendant.

Camille Védrine, 29 ans, domiciliée résidence les fleurs apt. 102, 17 avenue Léon Bérard, 33000 Bordeaux.

Orpheline, antécédents familiaux inconnus.

Victime de viols en réunion avec actes de torture et de barbarie durant ses études.

Sans profession.

Incontinence urinaire et fécale. Diarrhée chronique, HTA et tachycardie. Suivie par le Dr André Durand, psychiatre. À fait deux TS ; médecin traitant Dr Janneau.

Traitement : 3 Norset, 1 Zoloft, 3 Xanax, 2 Noctamide, 1 Aprovel.

Mis en place ici : Lévothyrox 175 suite à thyroïdectomie en 2012 2 Stagid 500 pour diabète 2.

Suivi psychologique en cours.

Le lieutenant Dubourg ferma les yeux un instant avant d'entamer la feuille manuscrite.

Ma vie heureuse a pris fin durant ma troisième année d'étude. Séquestrée, violée, torturée, je me suis défenestrée pour leur échapper. Ils m'ont brûlée avec des cigarettes écrivant un E : l'initiale d'esclave. J'ai enchaîné les problèmes de santé suite aux sévices infligés. Ma plainte a été classée faute de preuves suffisantes. J'habitais 35 rue Guynemer à Toulouse. Personne n'a rien vu, personne n'a rien entendu, personne n'a réagi. J'ai été classée comme mythomane et internée.

Le lieutenant Dubourg préféra arrêter sa lecture. Il irait voir le domicile de Camille.

— Vous avez autre chose à m'apprendre ?

— Juste vous rappeler que c'est une personne qui a beaucoup souffert. Ce n'est pas une criminelle comme les autres. C'est avant tout une victime. Et qu'elle est en mission…

Le lieutenant Dubourg, seul dans son véhicule, prit le temps de se remettre du choc avant d'appeler sa collègue.

— Cédric, tu as enfin vu mes messages ? On a pu craquer son ordi, regarder les films… Tu avais raison, il y a pire, bien pire. Des scènes de viols collectifs, de tortures… tu ne peux pas imaginer de telles atrocités. Ce n'est pas du viol, c'est du saccage… Plusieurs victimes mais un même cadre. Tout s'est déroulé au même endroit. Ils étaient trois… Il faut que tu voies cela… C'est probablement pour cela qu'il a été tué. Mais qui est l'assassin ; ces pauvres jeunes filles ont probablement été exécutées à la fin de leur calvaire… Un de leurs parents sûrement. Mais comment le retrouver, nous ignorons les noms de leurs victimes…

— Je sais qu'il y a pire, je suis même allé à Bordeaux pour l'apprendre… Trouve-moi tout ce que tu as sur Camille Védrine. Elle avait 18 ans à l'époque…

— Camille Védrine, je n'avais pas vu son nom dans le carnet de Paul Thomas…

— C'est l'une des jeunes étudiantes qu'ils ont violées et torturées. Elle leur a survécu cependant. Dans un état lamentable : elle a passé sa vie à soigner les séquelles des tortures subies... plainte classée sans suite faute de preuves.

Personne n'a rien vu, ni entendu quoi que ce soit de répréhensible.

Elle a été internée faute de mieux. Trouve-moi tout. Dossier médical, judiciaire, je vais aller faire un tour chez elle...

Coralie reposa son téléphone. Elle avait eu son compte d'horreurs pour le moment. Elle décida de se détendre en recevant une femme venue signaler la disparition suspecte de son ex-mari. Elle prit la peine d'enregistrer sa déposition.

— Mon ex-mari Rachid Benbarka, 54 ans n'a pas été à son travail à Airbus depuis deux jours. Il n'est pas chez lui et ne répond plus au téléphone. Hier, c'était l'anniversaire de notre fils Karim Et il ne l'a pas appelé. Mon ex-mari n'était pas un bon mari, mais il est un excellent père. Jamais, il n'aurait oublié cela. Il a disparu...

— Vous avez son adresse et une photo récente ?

— Il vit 35 rue Guynemer appartement 235. Il a conservé l'appartement que nous avions acquis ensemble. Avec la somme d'argent du divorce, j'ai acquis un F4 de mon côté. Il voyait nos enfants quand il le voulait.

— Je vais aller voir, interroger les voisins. Laissez vos coordonnées à l'accueil. Je vous recontacte rapidement.

Pendant ce temps, Le lieutenant Cédric Dubourg avait réussi à se faire ouvrir l'appartement de Camille Védrine. Il était vide, l'électricité était coupée. Elle savait qu'elle ne reviendrait jamais.

Il détailla chaque pièce. On aurait dit un appartement témoin ; il était neutre, aseptisé. Des murs blancs, nus, sans photos, sans bibelots.

Des livres, beaucoup de livres, quelques DVD. Un tiroir rempli de médicaments.

Dans son armoire, des vêtements ternes sans couleurs. Des numéros de téléphone : tous médecins à Bordeaux.

Le Dr Varton avait bien décrit la situation : elle n'avait jamais reconstruit sa vie. C'était plutôt un fantôme.

Toutefois, rien ne la reliait au meurtre en question.

Il ouvrit un dossier posé négligemment sur le lit défait. Les draps étaient enlevés et avaient été lessivés.

Le nom du Dr Paul Thomas était mentionné : l'heure de sa sortie, son adresse. Elle l'avait bien tué.

Il avait trouvé l'assassin. Il la comprenait cependant mais ne l'avouerait jamais.

Personne ne l'avait aidée, elle avait choisi de se venger. Aucun indice sur l'identité du reste du trio de monstres.

Il fallait retrouver Camille et mettre en sécurité les deux autres. Il rappela Coralie :

— Tu as trouvé quelque chose ? La plainte, l'enquête, le dossier médical de Camille ?

— J'ai envoyé une demande aux archives, on nous l'apportera demain. J'ai eu mon compte d'horreurs pour la journée. Et toi ?

— Je suis à son domicile. C'est d'une tristesse : vide, sans décoration personnelle. On dirait la cellule d'un moine. Par contre, il y a un dossier sur Paul Thomas ; c'est bien elle qui l'a tué. Rien sur les deux autres, en revanche. Il faut tout reprendre depuis le début. Elle vivait apt. 248, 35 rue Guynemer à Toulouse.

— L'adresse ? Tu as bien dit 35 rue Guynemer ?

— Oui, il paraît que c'est une rue hors de prix…

— Une femme est venue signaler la disparition de son ex-mari ingénieur chez Airbus. Attends, j'ai son nom : Rachid Benbarka 54 ans. N'a pas été travaillé depuis deux jours, n'est pas chez lui. Décrit comme un mauvais mari mais bon père de famille. Il vit à ton adresse, au deuxième étage…

— Je crois qu'on a trouvé notre deuxième coupable ou notre deuxième victime. Il faudra retrouver le dernier avant elle. Mais, bon sang, que s'est-il passé là-bas ?

Chapitre XIV

Le lieutenant Dubourg visionnait à son tour les films de leur victime. Il ne savait plus qui était victime ou coupable dans l'histoire. Il devait regarder son dossier portant le nom de Paul Thomas pour s'en souvenir. Cette réalité n'était plus claire dans son esprit. Ne s'était-on pas planté dans le nom de la victime ?

Il n'avait plus aucune sympathie pour ce type ; il n'avait eu au fond que ce qu'il méritait. Il avait même bénéficié d'une vie et d'une fin clémente. Il avait échappé à la justice et avait été tué rapidement. Le cadavre de Benbarka n'avait pas encore été retrouvé. Était-il encore en vie ? Était-il séquestré quelque part ?

Il y avait quatre victimes sur les films. Il avait identifié Camille ; le E était tatoué sur son sein droit. Toutes blondes aux yeux bleus, cheveux longs, belles anglaises, le teint clair.

Il n'y avait aucune horreur qui ne s'étalait pas sur l'écran de son ordinateur. Les yeux éteints de ces jeunes filles. Les rires sadiques de leurs bourreaux. Il avait reconnu sans peine Thomas et Benbarka.

La jeune femme gémit doucement. Elle est maintenue par les cheveux. Non, on la tire par les cheveux, on la traîne sur le sol de part en part. Deux pinces sont accrochées à ses mamelons. Elle est couverte d'ecchymoses et d'hématomes, un camaïeu de bleu, de vert, de jaune, de noir… Peu de peau intacte. On la balance à plat ventre sur le sol. Non sur une bâche en plastique. Un homme s'allonge sur elle et lui murmure une phrase à l'oreille. Il reconnaît sans peine Thomas et imagine sa phrase favorite. Néanmoins, elle ne crie pas ; elle semble habituée.

Ou tout simplement refuse-t-elle de lui donner cette satisfaction.

Autre scène, autre victime. Ils la rouent de coups et l'insultent en même temps. Ses cris stridents ne couvrent pas le claquement de la corde ou de la rallonge électrique.

Comment se faisait-il que personne n'ait rien entendu? Cela paraissait impossible…

Et pourtant, tout cela semblait bien réel…

Une scène de viol en réunion : un devant, un derrière, le dernier dans la bouche.

Les instants où la caméra piégeait leur regard étaient rares : elles fixaient le sol ou le plafond.

Il sursauta : le dernier s'appelait Antoine. Une bouteille à la mer : il devait y avoir des centaines d'Antoine à Toulouse ou dans sa banlieue. Il stoppa le visionnage, il en avait vu assez. Inutile de regarder les derniers films, ils ne lui apprendraient rien de plus. Il attendit qu'on lui porte le dossier de Camille, la seule victime vivante connue de ces monstres. Il voulait savoir où cela avait capoté. Il y avait bien eu une enquête, non?

— Voilà le dossier demandé, lui lança un jeune plancton.

Il l'étudierait seul. Coralie ne s'en sentait pas capable ; elle voulait juste un résumé. Il lui suffirait.

Camille Védrine 18 ans, né le 25 février 1985 à Toulouse.

Père : Bernard Védrine, ingénieur chimiste dans l'industrie pharmaceutique. Mère : Maître Sandrine Vallet épouse Védrine, avocate spécialisée en droit de la famille.

Tous les deux décédés en 1991 dans un accident de voiture sur le périphérique. A grandi au foyer les charmilles à Toulouse.

Étudiante en troisième année de droit et de sciences politiques.

S'est défenestrée le 21 mai 2003. Transportée en urgence au CHU Purpan au service de réanimation.

Certificat médical : jeune personne de sexe féminin, identité inconnue, arrivée couverte de vomissures.
Dans le coma suite à une défenestration. Hématomes sur le visage probablement dus à la chute. Traces de multiples strangulations. Traces de ligatures sur les poignets. Dénutrie et déshydratée. Multiples hématomes, ecchymoses et cicatrices sur la poitrine. Brûlures de cigarettes formant un E sur le sein droit. Traces de coups répétés sur l'abdomen. Lacérations sur le dos et les fesses. Ecchymoses multiples d'âge divers sur les cuisses et les jambes.
Lacérations sur la plante des pieds.

Hématome et œdème vulvaire généralisé, traces de morsures.
Présence de sperme en grande quantité dans le vagin, rectum et bouche. Béance vaginale et anale. Multiples déchirures internes. Traumatismes vaginaux et anaux importants. Plusieurs côtes fracturées. Multiples saignements internes. Fracture du crâne de 10 cm.
Des dizaines de photos du corps de Camille. Transférée en réanimation. Sortie du coma le 27 mai.
Interrogée par mes soins : a confirmé avoir été séquestrée chez elle. Ignore l'identité de ses agresseurs.
Visite à l'adresse donnée : aucun rapport d'incidents enregistré. Studio propre sans traces apparentes, rangé. Quelques infimes traces de sang relevées après le passage à l'eau de javel. Ménage manifeste vu l'odeur prégnante de détergent. Scène de crime qui a été nettoyée de fond en comble.
Visite à Sciences Po : victime décrite comme menteuse pathologique. Se faisant passer pour une fille de bonne famille. Qualifiée sans vergogne de prostituée s'étant fait tabasser par la responsable des étudiants de troisième année.

À fait une crise paranoïaque lors de la visite d'un réanimateur, le Dr Paul Thomas.

Enquête classée sans suite fautes de preuves. Victime qualifiée de mythomane transférée à l'hôpital psychiatrique. Capitaine Louis Dubois.

Le lieutenant Cédric Dubourg referma le dossier, révolté par tant de bassesse.

Ainsi, Thomas était passé la narguer. Pas étonnant qu'elle ait paniqué et hurlé. C'était l'un de ses tortionnaires, c'était sûrement à cette occasion qu'elle avait connu son nom et sa profession. Mais qui aurait pu croire qu'un médecin soit un des monstres recherchés ? Il savait qu'elle était vivante et avait donc parfaitement fait le ménage dans le studio.

Et cette responsable diffamatoire. Une prostituée et une jeune femme mythomane. Elle paraissait certaine de ses paroles. Qui enquêterait sur une jeune prostituée tabassée ? Dans l'imaginaire collectif, elle n'aurait jamais obtenu que ce qu'elle méritait…

Un non-lieu et un transfert en psychiatrie. Pas étonnant qu'elle ait rêvé de vengeance. Il se promit d'aller rencontrer son collègue Louis Dubois.

Il devait faire un résumé à Coralie. Il n'aurait rien de réconfortant à lui communiquer. Elle devait se rendre chez Rachid Benbarka. Elle avait ensuite rendez-vous avec Amélie Garcès ; elle s'était manifestée suite à l'avis de disparition de Rachid Benbarka. Elle l'avait souvent côtoyé lorsqu'elle avait résidé dans le studio même où habiterait un peu plus tard Camille Védrine.

Il avait aussi envoyé une convocation à l'ex-femme de Benbarka et envoyé un mail à l'ex-femme de Thomas, leur demandant si elles avaient le nom d'un ami prénommé Antoine. Il avait précisé, réponse urgente. Sans succès pour l'instant.

Coralie avait inspecté la résidence de Rachid Benbarka. Aucune trace de lutte. Il n'avait pas été attaqué ici. Elle trouva sans surprise les mêmes fichiers dans l'ordinateur. Ils étaient protégés par le même mot de passe. Il était bien le complice de Paul Thomas et à n'en pas douter la victime suivante de leur funeste trio. Elle s'attendait donc à ce qu'on retrouve son cadavre un jour ou l'autre…

Elle s'arrêta en partant devant la porte du studio 248 et sonna en vain. Il semblait n'avoir pas été occupé depuis longtemps. La poignée portait des traces de poussière.

Elle partit, elle avait rendez-vous dans un café Place du Capitole avec Amélie Garcès. Elle portait une robe noire en dentelle comme elle l'avait précisé et se leva à la rencontre de l'officier de police. Elles se saluèrent courtoisement.

Coralie avait emmené un bloc-notes. Elle était réfractaire à la modernité et n'écrivait pas ses notes sur un ordinateur ou téléphone portable. Lui ne risquait pas d'être volé à l'arraché ou d'avoir un problème de batterie ou de connexion. Internet avait révolutionné les enquêtes de police mais il n'avait pas bousculé sa méthode pour interroger des témoins hors de la zone de confort du commissariat.

— Je suis avocate en droit fiscal. J'ai habité rue Guynemer durant mes études de 1995 à 2000. J'ai souvent discuté avec Rachid. Il était marié à Fatima, une femme effacée. Elle était professeur de mathématiques en classe préparatoire au lycée Fermat. Nous n'avons jamais échangé plus de trois mots ensemble. Lui était au contraire très volubile. Je n'aimais pas le croiser seule ; il me mettait mal à l'aise. Il me donnait l'impression de me déshabiller du regard. Il rêvait probablement d'une aventure extra-conjugale.

Coralie n'avait aucune envie de lui dévoiler la facette sordide de son ancien voisin. Il voulait plus qu'une relation éphémère, sans aucun doute.

— Comment décririeriez-vous votre studio ? Vous vous y sentiez bien ?

— Je l'ai obtenu grâce à mon père. Son propriétaire était Maître Gustave Ferdinant, attaché testamentaire. Un ancien camarade de faculté de mon père. Il possédait un autre studio dans la résidence haut de gamme.il était lumineux, meublé de meubles en bois massif. Très loin d'un simple meublé, climatisé. Il avait tout pour plaire. Mais… Euh…

— Continuez, pas la peine de vous inquiéter inutilement… Vous ne donnez que votre ressenti personnel…

— Je m'y sentais mal à l'aise. J'avais l'impression d'être épiée, de ne jamais être réellement seule. C'était juste une impression mais j'ai été ravie de déménager à la fin de mes études Je sais que ce n'est pas très cohérent mais ce studio me semblait hanté. J'espère que vous retrouverez Rachid.

— Une dernière question: connaissez-vous le Dr Paul Thomas?

— L'homme qui a été assassiné?

— Lui-même. Attendez, j'ai une photo de lui…

— Oui, je le connais; ils étaient amis. Vous pensez que sa disparition est liée au meurtre de son ami? Mon Dieu, il ne mérite pas de mourir… Si on devait exécuter tous les hommes qui déshabillent les femmes du regard, il n'y aurait plus personne…

La capitaine Loubet la quitta sans lui répondre. À quoi bon l'inquiéter; elle découvrirait bien assez tôt ce à quoi elle avait échappé.

Au commissariat, elle retrouva le lieutenant Dubois, visiblement secoué et en colère.

— J'ai visionné les vidéos et le dossier est arrivé. Victime dans un état lamentable, très vite qualifiée de mythomane. Aucune trace suspecte dans le studio qu'elle habitait. A disjoncté quand le si gentil Dr Thomas est passé la voir. Transfert à l'hôpital psychiatrique et non-lieu prononcé. Merde!

Personne n'a tiqué quand elle a hurlé en le voyant. Tu le comprends, toi? Il était là, sous leur nez et personne n'a rien compris! Tu as appris quoi, toi?

— Rachid Benbarka n'a pas été enlevé chez lui. Pas de traces de lutte. Il a toutefois les mêmes films sur son ordinateur portable, protégés par le même mot de passe. J'ai aussi vu Mlle Garcès. Elle a laissé le bail à Camille. Elle se souvient d'un homme très volubile qui la déshabillait du regard. Mais, elle a dit un truc qui m'a interpelée. Elle se sentait observée, elle pensait que le studio était hanté...

— Tu veux que je contacte un médium pour entrer en contact avec l'âme des victimes décédées ?, s'esclaffa-t-il. Ce n'est pas très cartésien tout cela... Je ne présenterai pas cette note de frais en tout cas...

— T'es bien un homme, tu ne peux pas t'empêcher d'être con... Non, je trouve le mobilier de bois massif très luxueux et le studio était climatisé... Il faut localiser Gustave Ferdinant, le propriétaire...

— Son fils Claude Ferdinant habite dans le studio dont il a hérité, rue Guynemer. C'est un raté, il a visiblement toujours vécu des subsides de son père. Pas d'emploi, chômeur professionnel. Je vais le contacter pour le rencontrer demain. J'ai aussi fixé une entrevue avec Mme Meunier, la directrice du foyer où a vécu Camille Védrine. Par contre, tu pourrais éclairer ma lanterne de pauvre marin perdu en mer ? Concernant le mobilier, il vaut mieux l'expertise d'une femme... La décoration c'est bien votre tasse de thé...

— Le sang se nettoie facilement sur des meubles massifs. Ce n'est pas du contreplaqué qui lui aurait pompé le sang et laissé d'indélébiles traces. Un coup de peinture ou de vernis par-dessus et ni vu, ni connu. Je te parie aussi que la peinture est haut de gamme, lessivable à l'infini et que la couleur correspondra aux deux pots de peinture trouvés chez le disparu. C'est pour cela que nos anciens collègues n'ont rien trouvé de probant en allant chez Camille à l'époque. Le studio n'a pas été seulement nettoyé, il a quasiment été repeint. Les quelques traces de sang retrouvées s'expliqueraient ainsi. Ils n'ont pas repeint dessus. On était donc loin de la scène de boucherie recherchée, d'où les réticences du procureur à poursuivre l'enquête.

— Et la police scientifique n'a pas remarqué que le studio avait été repeint ? Mais qui finançait toutes ces rénovations ? Le proprio ?

— À mon avis... Amélie ne pouvait pas l'intéresser, elle est métisse antillaise. Elle ne risquait rien, n'étant pas blonde aux yeux bleus. C'est d'ailleurs pour cela qu'elle est en vie. Je te parie qu'on trouvera d'autres personnes ayant habité là. Elles se sont toutes senties épiées mais sans plus. Elles ne remplissaient pas les critères physiques pour finir sur la liste…

— Intéresser qui ? Lequel des trois ?

— Je pensais à Gustave Ferdinant. Le sentiment d'être épiée était probablement réel. Et non, je ne te parle pas de l'esprit tourmenté d'une ancienne victime, toujours prisonnière des lieux. Je te parie, en revanche, qu'on trouvera des caméras…

Chapitre XV

Camille observait son prisonnier dormir. Pour un type en danger de mort, il dormait bien. Elle avait établi sa planque dans un immeuble voué à la démolition. Un panneau « danger de mort risque d'éboulement » dissuadait riverains et squatteurs. Une barre avait été posée. Elle avait l'utilité de maintenir attaché l'individu avec corde et menottes.

Un matelas était posé à même le sol. Plusieurs seaux trônaient à côté. L'un rempli d'eau minérale avec une louche, un autre avec pain, fruits, gâteaux. Le dernier lui servait de latrines. Une séquestration cinq étoiles. Il ne souffrait ni de la faim, ni de la soif.

Elle l'avait enlevé depuis deux jours déjà; le troisième jour commençait. Elle avait exigé l'identité du troisième tortionnaire; il lui avait simplement souri sans apporter de réponse. Il savait qu'elle ne le relâcherait jamais. Elle avait essayé de le frapper mais ses mains tremblaient trop. Un même sourire sadique… De victime il était redevenu un bourreau sûr de lui.

Camille avait cru que le meurtre de Paul Thomas lui aurait été bénéfique. Elle avait, en effet, adoré sur le moment. Ses gémissements pitoyables, ses cris de douleur lorsqu'elle l'avait violé. Tout cela l'avait galvanisée. Elle s'était sentie une force surhumaine, entretenue par son mépris et sa haine. Elle avait vu à quel point c'était facile.

Oui, cela avait été facile sur le moment mais l'atterrissage avait été plus rude.

Elle se mépriserait dès le lendemain. Pourquoi avait-elle cédé à une telle bassesse dès le premier meurtre ? Pourquoi n'avait-elle pas pu attendre de les avoir localisés tous les trois ? Elle n'arrivait plus à secouer celui qu'elle détenait pour obtenir l'information qui lui manquait encore. Elle était cependant pressée par le temps ; la police devait savoir que c'était elle et pourquoi elle avait fait cela. Elle pouvait trouver Antoine avant elle, laissant sa vengeance inachevée.

Elle était envahie de réminiscences parasites.

Elle est allongée à plat ventre sur le sol. Sa langue sert de cirage ; elle commence à lécher la première paire de chaussures. Elle rirait presque de sa mimique de dégoût lors de la première fois. Elle n'a plus qu'une infime hésitation quand on lui tend la semelle. Le mélange poussière, saletés diverses et gravillons est un peu rebutant. Première paire, deuxième paire. Le dernier lui lance un sourire satisfait ; il est fier de sa trouvaille. L'odeur lui soulève le cœur, elle sait déjà ce qui se trouve sur la semelle. Elle s'arrête brusquement, il la frappe à grands coups de pied. Ses lèvres éclatent sous la violence des coups.

Un peu de merde de chien s'est posée sur sa joue. Elle ne peut s'empêcher de trembler, de trembler violemment...

Elle frissonna de peur. Cela semblait si facile pour eux. Ils avaient un pouvoir inventif hors du commun quand il s'agissait d'asservir et d'humilier autrui. Elle devrait suivre leur exemple pour obtenir des aveux. Mais on ne s'improvise pas tortionnaire. Dans ses rêves cela semblait si facile, elle avait tellement rêvé de ce qu'elle leur ferait si jamais l'occasion se présentait. Juste des rêves qu'elle n'aurait jamais le courage de transposer dans la vie réelle.

Elle décida de sortir l'homme de son sommeil. Une ceinture de cuir claqua en s'abattant sur son torse. Il se réveilla en sursaut, son sourire avait disparu. Elle avait au moins gagné cela. Elle posait la même question entre chaque coup.

Son nom, son adresse, coup, claquement, léger gémissement. Son nom, son adresse, coup, claquement, léger gémissement. Sa peau rougissait mais ne se déchirait pas. Elle n'avait ni leur force physique, ni leur endurance. Elle n'avait que ses deux bras qui se fatiguaient trop vite. Il lui manquait un complice. Elle aurait dû s'associer à d'autres personnes en quête de vengeance.

Eux le savaient déjà ; il est difficile de montrer une part de faiblesse ou d'indulgence quand on fait équipe avec des personnes déterminées. Mais, il était désormais trop tard pour chercher.

Elle avait tenté le simulacre de la noyade. Elle n'avait pas eu le courage de le maintenir dans l'eau. Le courage ou la lâcheté, elle était dans le flou.

Pendant que Camille se débattait avec ses démons, l'équipe d'enquêteurs cogitait grave.

Ils attendaient toujours une réponse d'une ex-femme sur l'identité d'un Antoine. Plusieurs vérifications étaient en cours.

— Quelqu'un a vérifié le bornage du téléphone de Camille Védrine ?

— C'est inutile, il est resté à Bordeaux. Il était sur sa table de chevet.

— Celui d'Octave Dubroca ?

— Il a borné à quelques mètres du lieu du meurtre de Paul Thomas. Mais, jamais à proximité de la rue Guynemer. Son portable borne souvent à Purpan et à proximité d'une pharmacie. En fait, rien d'étonnant étant donné que son épouse est gravement malade.

— Mais, il était sur la scène de crime lors du meurtre de Paul Thomas. C'était lui sa cible. L'espionnait-il ou était-il là en perspective d'être un possible renfort ? C'est probablement le complice de Camille. Il l'a probablement aidée à enlever Rachid. Comment aurait-elle réussi à enlever un homme solide, bien musclé sans aide ?

— Et comment l'aurait-elle rencontré ? Sur les réseaux sociaux ? Après tout, ça vaut le coup de vérifier. Trouve-moi un collègue, un jeunot. Quelqu'un qui maîtrise toute cette jungle…

Un novice, tout juste sorti de sa faculté de droit, arriva en renfort, ravi d'être appelé en secours sur une aussi importante affaire.

Il surfait comme un pro, jonglant avec tous les réseaux sociaux. Le lieutenant Dubourg avait convoqué Octave Dubroca.

— Votre téléphone a borné près du lieu du meurtre de Paul Thomas…

— Peut-être. Ma femme a son infirmière à ce moment-là (merde, il ne m'a pas donné l'heure du meurtre ! Comment suis-je censé savoir que ma femme a une tierce personne venue lui prodiguer des soins au moment du crime). J'en profite pour aller marcher juste pour m'oxygéner. Je n'ai plus de vie depuis la maladie de mon épouse. Hôpital, soins, médicaments, médecins… J'ai besoin de souffler un peu, je marche au hasard dans les rues ou les parcs. C'est un délit, maintenant ?

— Non, mais c'est tout de même suspect d'avoir été à proximité du lieu du meurtre de la personne que vous auriez bien voulu assassiner. Avez-vous été en repérage rue Guynemer ? Camille avait besoin d'aide pour neutraliser Rachid Benbarka et le transporter…

— Dois-je comprendre que, parce que je possède un véhicule, je suis automatiquement complice ? Il n'y a que moi qui possède une voiture à Toulouse et dans sa banlieue ?!, répondit-il d'un ton sarcastique. Et vous, Monsieur l'Inspecteur, où étiez-vous à ce moment précis ? Vous avez bien un véhicule donc vous êtes aussi suspecté d'être complice…

— Absolument pas, mais vous êtes sur notre liste pour d'éventuelle complicité… Vous aviez une bonne raison d'assassiner Thomas, vous…

— Dans ce cas, votre liste doit être plus longue qu'un jour sans pain. Chacune des victimes de Paul Thomas, résidant à Toulouse, est un possible complice.

Maintenant, si vous ne me collez pas en garde à vue, je m'en vais. Ma femme a une séance de kiné.

Le capitaine Loubet appela un jeune collègue en civil :

— Grégoire, tu ne me le quittes pas des yeux. Tu le colles aux basques, même à l'hôpital. Il doit bien voir Camille Védrine quelque part. Bon et ces réseaux sociaux, quelque chose de productif ?

— Mieux que productif : Octave Dubroca a posté un tweet pour trouver d'autres victimes de Paul Thomas. Camille Védrine y a répondu…

— Donc ils se connaissaient bien ?

— Par contre, j'ai mieux comme information. Je dirai même l'avancée décisive de votre enquête…

— T'emballes pas petit, c'est mauvais pour ton cœur de fin limier. Une enquête, soit elle est rapide façon guerre éclair, soit elle est lente comme une douloureuse agonie.

— Merci pour la comparaison philosophique. Je vous en ferai une belle dissertation ce week-end ! Mais, ce que j'ai trouvé, c'est du lourd. J'ai forcé la page Facebook de Rachid. Pas besoin d'être un ami pour cela et j'ai trouvé ceci. Il a connu Paul Thomas au lycée Théodore Ozenne. Et j'ai trouvé cette photo : regardez la légende… « Lycée Ozenne : Rachid Benbarka, Claude Ferdinant, Antoine Sabatier et Paul Thomas ».

— Antoine Sabatier ?! T'as raison petit, tu as une info du tonnerre. J'appelle Cédric…

— Cédric, on l'a le nom du dernier Antoine Sabatier. Ils étaient au lycée ensemble.

— Antoine Sabatier… Et il y en a combien à Toulouse des Antoine Sabatier ? 150, 200 ?

— Attends, je vérifie 232 sur la ville et sa banlieue. Tu rentres m'aider à faire le tri, c'est urgent.

— Débrouille-toi sans moi, j'ai une urgence familiale…

— Tu te fiches de moi ! Tu travailles aujourd'hui…

— Une urgence est imprévisible. Je fonce après, je file voir l'ancienne responsable des Charmilles et Claude Ferdinant.

— N'oublie pas de le cuisiner sur son amitié avec nos deux victimes ; ils étaient au lycée ensemble. On a trouvé une photo qui le prouve.

— Ça marche. Au boulot !

Il raccrocha ; c'était son unique espoir que Camille trouve Antoine Sabatier avant eux. C'était sa seule solution pour lui laisser une longueur d'avance et réparer ainsi l'offense de la précédente enquête bâclée.

Octave Dubroca avait sorti son téléphone :

— Camille, ils me suspectent maintenant et je n'ai toujours pas trouvé Antoine. Et toi ? Toujours rien non plus. Il est toujours tant de liquider celui-là et de t'évanouir dans la nature. Attends, quelqu'un a consulté mon message et m'a répondu en message privé. J'ai peut-être une touche : une femme me donne rendez-vous demain. Elle connaît bien nos lascars. Demain matin, je serai avec elle ; on se cale notre entrevue demain après-midi à l'endroit habituel. Monique doit voir l'orthophoniste.

Au commissariat, on ne chômait pas. Appeler tous les Antoine Sabatier résidant sur Toulouse et ses environs. Un travail de titan : le plus simple était de rayer les trop jeunes ou les trop âgés. Laisser un message aux autres en espérant qu'ils se manifestent. Imaginez la situation : chercher un homme en danger de mort mais coupable de crimes sordides qui l'enverraient en prison pour le reste de sa vie. Il pouvait aussi bien ne jamais se manifester : la prison à perpétuité restait une punition pire que la mort.

— Une personne a envoyé un message privé à Octave Dubroca. Nous pourrions être pris de vitesse. Le *sprint* final : vie ou mort pour Antoine Sabatier.

CHAPITRE XVI

Le lieutenant Dubourg avait pris place dans le salon de Chantal Meunier. Elle avait été la directrice du foyer de l'ASE dans lequel avait grandi Camille après le décès de ses parents. Il trouvait normal de discuter avec des personnes pouvant l'éclairer sur l'état psychique antérieur du suspect. C'était cohérent avec l'enquête. Toutefois, lui savait qu'il n'était pas là pour Paul Thomas ou Rachid Benbarka, mais pour Camille. Il avait choisi son camp ; pour lui c'était elle la victime. Toutefois, il ne pourrait jamais l'avouer. Il devait enquêter sur ses crimes.

— Camille est arrivée après le décès tragique de ses parents dans un accident de voiture. Elle était l'unique enfant d'un couple modèle, une fille de bonne famille. Classe sociale élevée, des parents instruits. Ce profil est rarissime dans nos foyers de l'ASE : nos enfants viennent de familles défavorisées où règnent misère, violence, toxiques divers. Leurs parents touchent le RSA, boivent l'argent des allocations et se battent ou battent leurs enfants. Elle a été une exception. Elle est arrivée très renfermée. Elle était d'une tristesse sans nulle autre pareille. Il fallait que le deuil se fasse doucement. Elle avait perdu ses piliers. Elle est toujours restée en marge de ses camarades, ne s'est jamais liée avec ses compagnes de chambre. Elle passait son temps à lire, elle ne jouait jamais. Une gamine d'une sagesse exemplaire.

— Cela ne vous a pas inquiétée ? Elle était peut-être trop sage, trop en marge de ses camarades ? Lui a-t-on proposé une aide psychologique pour faire son deuil ?

— Les enfants qui arrivent ici sont cassés ; ils piquent crise sur crise. Ils cassent tout, se battent, hurlent… On a assez à faire avec eux. On n'allait pas se soucier d'une enfant sans histoire. Elle était polie, elle obéissait, il n'y a jamais eu besoin de la reprendre…

— Et scolairement ? Un éducateur suivait bien sa scolarité ?

— Jamais posé le moindre souci. Fillette brillante, elle a eu le bac à 15 ans mais cela, je pense que vous le savez déjà. Là aussi, elle n'avait pas le profil d'enfant de l'ASE. Seuls, quelques-uns décrochent le bac. La plupart quitte le système scolaire sans diplôme, pas même le brevet des collèges. Ils s'amusent à tout casser, à se battre comme des chiffonniers. Les éducateurs sont convoqués sans cesse. Alors, une excellente élève, aucun de nous ne s'en serait soucié. Nous n'en avions pas le temps. Camille a demandé à être émancipée après le bac. Elle a touché les assurances-vie de ses parents. L'exécuteur testamentaire de ses parents, M. Ferdinant, je crois, lui a proposé de lui louer un de ses studios dans un des plus beaux quartiers de la ville. Elle s'est inscrite dans un double cursus. Elle avait promis de revenir nous voir, promesse qu'elle n'a jamais tenue. Et vous êtes de la police, dites-moi ce qui se passe ? Camille a des ennuis ? Vous vous trompez dans ce cas…

— Non hélas, Camille est bien l'assassin que nous cherchons. Il n'y a pas d'erreur. Mais, elle a été une victime avant tout, une victime qui se venge.

Chantal Meunier écouta horrifiée le résumé édulcoré de la vie de Camille depuis son départ du foyer : sa séquestration avec viols et tortures, l'hôpital, les séquelles physiques et psychologiques, le non-lieu, son désir de vengeance et l'assouvissement de celui-ci.

— C'est pour cela qu'elle ne vous a jamais contactée. Elle n'avait que des horreurs à vous apprendre. C'est dingue mais personne ne s'est jamais soucié d'elle. Enfant modèle et brillante. Étudiante qualifiée de mythomane car elle refusait d'apitoyer les autres avec le couplet misérabiliste d'orpheline ayant vécu en foyer. Victime dans un état lamentable expédiée à l'hôpital psychiatrique faute de mieux.

Affaire classée. Elle est devenue un fantôme, passant son temps dans des cabinets médicaux. Comment a-t-elle pu devenir à ce point invisible, alors qu'en France le maillage social est au point ?

Et maintenant qu'elle a assassiné, en l'amochant certes, un de ses tortionnaires, tout le commissariat n'a que son nom à la bouche.

C'était avant qu'il fallait se soucier d'elle. Elle n'a jamais compté pour personne, elle n'a jamais pu compter sur quelqu'un.

Mme Meunier acquiesça. Elle n'avait été qu'un pion dont personne ne s'était soucié. Personne ne l'avait informée du drame vécu par Camille, elle aurait pu la défendre contre ces accusations d'usurpatrice. Mais elle n'en avait jamais rien su. Cette pauvre gamine avait encore cru qu'on l'abandonnait à nouveau.

Une heure plus tard, il était rue Guynemer, en compagnie de Claude Ferdinant. Aigri avant l'heure, n'ayant jamais occupé d'emploi stable. Il avait toujours vécu en tapant son père.

— Mon père a toujours vécu pour lui et pour ses petites protégées. Il aimait bien être considéré comme le sauveur de pauvres orphelines. Il ne s'est jamais intéressé à son fils. Je n'étais pas assez brillant. J'ai décroché le bac au repêchage avec deux ans de retard. Je ne me suis jamais inscrit en faculté. Mon père m'a toujours donné de quoi vivre. Pourquoi avoir un diplôme alors que je suis entretenu ?

— Votre père a probablement essayé de remplacer le père de ces jeunes. Il était bien exécuteur testamentaire, non ?

— Probablement. Mais, il avait déjà un fils. Pourquoi être uniquement un père de remplacement ?

— Il vous a toujours octroyé de quoi vivre et un toit, non ?

— J'attendais plus…

— Et où puis-je trouver votre père ?

— Au cimetière. Il est mort dans son sommeil d'une rupture d'anévrisme, ma mère est partie d'un cancer généralisé trois ans avant lui. J'ai hérité de presque toutes leurs affaires. J'ai vendu leur belle propriété et leurs meubles. J'ai tout investi dans la boîte d'une connaissance. J'ai ouvert la pièce secrète de mon père…

— Une pièce secrète ?

— Toujours fermée à clef; personne n'avait le droit d'entrer. J'ai cru qu'elle contenait des lingots d'or. J'ai été bien déçu. Un ordinateur, des DVD, des tonnes de DVD piratés, plusieurs piles de dossiers…

— Qu'en avez-vous fait ?

— J'ai tout rangé dans ce placard. Prenez-y si vous voulez…

Le policier rangea tout par terre. Il espérait juste ne pas trouver… Au fond, il se doutait bien du contenu des DVD.

— Connaissiez-vous Paul Thomas, Rachid Benbarka et Antoine Sabatier ?

— Bien sûr, nous étions au lycée ensemble ; nous étions les quatre mousquetaires. Mais, ils m'ont laissé tomber en route…

— Où étiez-vous…

— Lors du meurtre de Paul, de l'enlèvement de Rachid ? J'étais ici tout seul. Je suis toujours ici. Je n'ai pas d'amis, mis à part mes bouteilles d'alcool.

— Puisque vous êtes toujours chez vous, vous vous souvenez bien de la chute de Mlle Védrine en 2003 ?

— Oui, c'était la protégée en date de mon père. Elle s'est défenestrée, je crois. J'avais prévenu les secours.

— Et vous n'avez jamais rien entendu ?

— Entendu quoi ?

— Elle a été séquestrée et violentée juste au-dessus de votre tête ? Vous ne vous êtes jamais rendu compte de rien ?

— Cet appartement est entièrement insonorisé, il est climatisé. Il était bien plus beau que le mien. Elles étaient mieux loties que moi, ces orphelines, vous trouvez cela normal ?

— Maintenant, il est à vous. Vous auriez pu déménager ?

— À moi ? Vous rêvez ? Mon père l'a légué à Paul Thomas dans son testament. Pour services rendus et pour le fils qu'il aurait bien aimé avoir…

— Une dernière question : savez-vous où habite Antoine Sabatier ?

— Absolument pas. Cherchez, vous êtes payé pour cela après tout ! Et non, je ne vous aiderai pas à transporter tout cela. J'ai le dos fragile. Vous croyez que Camille cherche à se venger ? C'est elle qui a tué Thomas et enlevé l'autre ?

Dans ce cas, suis-je aussi en danger ? Je suis le fils de l'exécuteur testamentaire…

— C'est possible…

— Et pourquoi me tuer ? Je n'ai rien fait…

— C'est probablement ce qu'elle vous reprochera…

Le lieutenant transporta tout l'héritage inutile de Gustave Ferdinant. Il appela sa collègue :

— Ferdinant est mort il y a deux ans. Son fils est amer : l'appartement 248 a été légué à Paul Thomas. Et chou blanc pour Sabatier. Et toi ?

— Nous appelons, un par un, tous les Antoine Sabatier. Nous en avons éliminé un bon paquet. Par contre, j'ai trouvé un bon candidat. Il est dans la tranche d'âge des deux autres mais a déménagé sans laisser d'adresse. Nous continuons à le chercher tout en appelant les autres. Un travail de titan en un temps limité.

Quelqu'un a répondu à l'annonce d'Octave Dubroca sur internet. Je t'expliquerai…

— Je viens vous aider. Je te ferai le résumé de l'enfance de Camille par la même occasion. Enfant solitaire, sans histoire, une enfant totalement invisible pour résumer.

Claude Ferdinant le regarda partir. Hors de question qu'Antoine Sabatier lui échappe. Il avait un vieux compte à régler. Il sortit son arme, un bon vieux révolver.

Il se mit en planque devant chez Antoine. Il le vit arriver et lui emboîta le pas. Arrivé devant chez lui, il avait sorti son trousseau de clefs.

— Salut Antoine ! Tu ne sais pas que la police te cherche ?

— Salut Claude ! Tu m'as fait peur, que veux-tu ? Je m'apprête à mettre les voiles…

— Je m'en doute. Tu vois c'est dommage que la police ne soit pas venue avant moi…

Il lui pointa le canon sur la tête…

Chapitre XVII

Octave se gara devant la basilique Saint-Sernin. Drôle d'endroit pour une entrevue mais bon.

Une personne était à l'intérieur. C'était une religieuse. La personne qu'il devait voir n'était pas encore arrivée. Il attendrait. Il examina les vitraux. En tant que personne manuelle, il ne pouvait qu'admirer un tel travail. La finesse des sculptures, les dorures, les couleurs. Au Moyen-Âge, il y avait aussi de beaux ouvrages.

La religieuse s'était approchée de lui.

— Vous admirez nos artistes religieux ? Il est vrai que la vie du Christ ou des saints est assez riche ? Vous êtes Octave, n'est-ce pas ? Je suis Marie-Claire Andrieux, sœur Marie-Bernadette au couvent des dominicaines.

— Ma Sœur, vous êtes certaine que vous m'avez demandé de venir ici ? Ou êtes-vous dépositaire d'un secret d'alcôve ?

— Non, c'est bien moi qui vous ai donné rendez-vous à la basilique. Et c'est pour vous donner des informations sur l'homme que vous cherchez, Antoine Sabatier. Nous étions ensemble au lycée. C'est là que ma vie a basculé.

Marie-Claire a le béguin pour Paul ; il est beau, charismatique. Elle est timide et effacée. Jamais il ne la remarquera. Mais les miracles existent. Il lui donne un rencard. Chez lui, ses parents seront absents. Elle se pomponne, se maquille pour l'occasion. Elle a rencard avec l'homme de sa vie. L'amour dure toujours à 17 ans. Elle se trompe lourdement. Il ne veut pas la séduire. Il a invité ses amis. Ils la maintiennent sur le lit et chacun a son tour. Elle crie, supplie, elle est vierge. Claude n'y arrive pas, ils se moquent de lui. Son prince charmant ensuite la met dehors, sans un regard. Elle se jure que jamais personne ne saura l'humiliation qu'elle a subie.

— Je me trompais. Sans contraception, je suis tombée enceinte. Je suis d'un milieu catholique traditionaliste. La messe tous les dimanches, pas de sexe avant le mariage. J'ai dû avouer mon viol à mes parents. Ils m'ont accusé d'avoir déshonoré leur famille, leur nom. J'ai été expédiée dans un couvent pour finir ma grossesse. Mon enfant a été confié à l'adoption. À ma majorité, j'ai décidé de prononcer mes vœux définitifs. J'avais fait un trait sur ce douloureux passage de ma vie. Jusqu'à ce que je tombe sur votre message. Ils n'ont jamais arrêté de détruire des jeunes femmes…

— Hélas non ! Ils n'ont même que cela ; ma fille a été une des innombrables victimes de Paul Thomas. Camille, c'était les trois. Il n'y avait pas Claude. Elle cherche encore Antoine Sabatier. Il est impossible à localiser. Mais je vois mal une religieuse nous aider dans notre quête. Paul Thomas n'a pas été livré à la police, vous le savez, n'est-ce pas ?

— Paul était le diable mais Antoine n'était qu'un suiveur. Si je vous donne son adresse, promettez-moi que vous le livrerez à la justice…

— Ma Sœur, je ne vous mentirai pas, mais je ne suis qu'un dépositaire dans cette histoire…

— Laissez-moi votre numéro de téléphone, je dois décider en mon âme et conscience. Vous aurez son adresse, ce soir si jamais…

Il savait qu'il n'en obtiendrait rien de plus pour le moment. Le cas de conscience de la religieuse devait se passer entre elle-même, Dieu et la justice.

Il prit Monique pour sa séance d'orthophonie. Malgré le véhicule adapté, charger le fauteuil roulant de sa femme était une épreuve. Elle ne méritait pas une maladie pareille. Charger Benbarka inconscient avait été beaucoup plus simple.

Il laissa Monique et alla prendre un café. Camille n'allait pas tarder à arriver. Une idée de génie de se voir dans l'endroit où il passait désormais le plus de temps. Ils pouvaient passer inaperçus. Un tas de gens s'arrêtait là. Ils avaient tous le même visage, celui du malheur…

Camille arriva, il lui raconta l'entrevue avec la religieuse. Elle parut surprise. Il avait abusé d'une religieuse ? Elle espérait qu'on lui communiquerait son adresse. Benbarka restait muet, il faut dire qu'elle n'avait pas le courage de lui extorquer des aveux. Elle n'arrivait pas à lui faire ce qu'il lui avait fait. Elle en avait pourtant tellement rêvé dans ses moments de désespoir. Mais dans la réalité, elle n'avait pas pu. Dans l'hypothèse où sœur Marie-Bernadette accepterait de lui donner l'adresse d'Antoine Sabatier, elle ne savait plus si elle le kidnapperait.

Au commissariat, on planchait sur tous les Antoine Sabatier de la région. Noter les candidats potentiels. Essayer de localiser celui qui pourtant restait muet.

— Antoine Sabatier 57 ans aussi. A étudié au lycée Ozenne… c'est lui mais adresse inconnue et numéro de téléphone pas à jour…

— Tu as quoi sur lui ?

— Entrepreneur raté. A monté plusieurs sociétés, toutes ont été liquidées. À des arriérés d'impôts importants.

— Il aurait bien besoin d'un virement de 250 000 euros ? Où est passé le généreux sauveur de Paul Thomas ? Zorro n'a pas volé à son secours ? Ah, le justicier n'est jamais présent quand on a besoin de lui…

— Il s'est pris pour le loup de Wall Street ou pour Steve Jobs… un peu trop vite à mon avis. Il n'a jamais eu une idée de génie. Aucune boîte n'a tenu plus d'un an. Il est criblé de dettes à en croire son banquier qui souhaiterait aussi le voir. Comment retrouvera-t-on un homme qui n'a aucune attache ? On recherche presque un SDF. Bon on aura du mal à le trouver donc la tueuse ne le trouvera pas facilement non plus. À mon avis, il ne risque rien. Si on essayait de trouver Camille à la place, elle détient encore Rachid Benbarka…

— Il doit déjà être mort.

— Tant qu'on n'a pas retrouvé son corps, il est en vie jusqu'à preuve du contraire. Bon, on a quoi comme attaches dans le coin ?

— On sait qu'elle a contacté Octave Dubroca. Personne d'autre de connu… Elle n'a appelé personne et Octave Dubroca est filé par un de nos agents. Il ne rejoint pas Camille…

— Elle a forcément un portable prépayé pour le joindre. C'est intraçable mais on peut toujours faire le tour des points de vente. C'est inutile mais si tu as une autre idée…

— On devrait plutôt éplucher le contenu de l'ordinateur de Gustave Ferdinant, il doit contenir des informations. Il y a trois autres victimes à trouver et il doit bien avoir les numéros de téléphone ou leurs adresses… Aux victimes comme ceux de ses complices… Il faudra aussi voir son fils, il a été actionnaire d'une société de Sabatier.

Pendant ce temps, Camille, déboussolée, remettait sa vengeance en doute. Mue par un désir de parler à une personne non concernée, elle appela la seule personne dont elle avait pris le numéro, le Dr Varton.

— Docteur, c'est Mlle Védrine…

— Camille, tout le monde vous cherche. La police aussi. Elle sait tout. Pour votre histoire, pour le meurtre du Dr Thomas… La vengeance n'est pas une solution…

— Je l'ai compris. Me venger ne m'a rien apporté. Sur le coup, oui mais l'adrénaline n'a pas tenu. Je suis perdue…

— Arrêtez là et rendez-vous…

— J'ai tué quelqu'un et j'en détiens un autre…

— Il est encore vivant ?

— Oui, pour l'instant… je ne sais pas quoi en faire…

— Contactez la police et stoppez tout…

La tonalité retentit. Se rendre, pourquoi ? Oui ou non ? Appeler la police, elle ne savait pas où elle était. Dans un immeuble voué à la destruction au milieu de nulle part.

Antoine Sabatier était attaché sur une chaise. Il reconnaissait sans peine le studio. Celui où ils séquestraient leurs victimes. Il était inutile de crier, il était insonorisé. Il était devenu la proie. Triste retour de bâton. Claude le fixait avec un sourire narquois.

— Alors, quel effet ça fait de se retrouver séquestrer ? Dans le studio où vous le faisiez ?

— Tu veux quoi, Claude ?

— Je veux comprendre comment mon père a su que je m'étais dégonflé au lycée avec Marie-Claire ?

— Paul s'en est vanté…

— Paul, son fils spirituel. Il ne m'a plus jamais regardé sans mépris après cela. Comment vous a-t-il convaincu d'en arriver là ? Comment êtes-vous devenu ses pantins ? Je sais que c'est lui qui tirait les ficelles…

— Il n'a pas eu à convaincre Paul ; c'était déjà un monstre. Il payait ses victimes qui osaient porter plainte, il aimait tellement faire le voyeur. 500 000 euros dépensés ainsi…

— Combien de victimes, ici ?

— Quatre. Trois mortes et une survivante. Notre seule erreur… tu veux quoi ?

— Vous m'avez évincé de votre trio. Je peux te balancer aux flics à moins que tu n'achètes mon silence…

— Je suis fauché…

— Ou alors, on repart à zéro ailleurs… Toi et moi… je rêve d'entendre une victime innocente hurler et supplier. Pouvoir donner libre cours à mes pires instincts…

Sœur Marie-Bernadette se débattait avec sa conscience. La prière ne l'avait pas aidée. Un problème que Dieu ne pouvait régler. Aimer son prochain comme soi-même, elle y croyait pourtant. Mais, cela ne s'appliquait pas à la situation. Tendre l'autre joue, Antoine ne s'était pas manifesté. Il devait pourtant savoir le sort de ses amis.

Un désir de justice l'emporta :

— Police secours… Quelle est la raison de votre appel ?

— Antoine Sabatier vit 12 avenue de la résistance à Tournefeuille. Je ne vous donnerai pas mon nom.

— On a l'adresse d'Antoine Sabatier ! on fonce !

Arrivés, personne ne répondit. Antoine avait disparu depuis la veille. Ils arrivaient trop tard, elle l'avait déjà enlevé…

Chapitre XVIII

Cédric avait ouvert les documents papier de Gustave Ferdinant. Coralie n'en voyait pas l'utilité, une quelconque utilité. Elle cherchait Benbarka et Sabatier ; il cherchait leurs victimes. Elle avait toutefois raison, le studio était bien rempli de caméras. Des millions d'instants volés… Dans leur lit, sous la douche, en train de se vêtir… Des moments studieux où se mêlent cours, révisions, livres de droit ou autres… leurs moments intimes avec leur amant pour quelques-unes. De vidéos sur lesquelles il avait dû fantasmer…

Plusieurs visages différents dont celui de deux de ses protégées. Ghislaine Leroux, la première, orpheline à l'adolescence. Il vérifia, elle était expert-comptable à Tours. L'assurance-vie de ses parents lui avait permis de s'établir en libéral.

La deuxième était d'origine asiatique, la troisième africaine. Aucun intérêt à regarder, il avait dû beaucoup s'ennuyer. Le quatrième visage retint son attention. Minois pâle, blonde aux yeux bleus. Étudiante en première année de médecine en 1988. Chloé Melville. Orpheline, ses parents étant décédés d'un cancer quelques années auparavant. Il retrouva les enregistrements des sévices subis. Elle était morte étranglée face à la caméra. Puis, elle avait disparu. Il vérifia son nom sur le fichier de la police, une vague signalisation de sa disparition par Gustave Ferdinant. Décrite comme instable psychologiquement par cet homme, l'enquête avait conclu à une disparition volontaire. Il découvrit que sa sœur, Charlotte, avait subi le même sort trois ans plus tard, lors de sa première année de pharmacie.

L'argent des assurances-vie avait disparu. Elle n'avait plus rien au moment du signalement à la police de leurs disparitions respectives.

— J'en ai trouvé deux, deux sœurs. Chloé et Charlotte Melville. Portées disparues par lui-même en 1988 et 1991. Assassinées toutes les deux. Elles n'avaient plus un centime lors du signalement de leurs disparitions. Celui-ci a probablement eu lieu quelques jours après leurs décès. Le temps de les faire disparaître et de tout nettoyer pour les uns, le temps pour Ferdinant de piller leurs avoirs. Je te parie que le compte dans le paradis fiscal lui appartenait. Celui qui a servi à acheter le silence des victimes de Paul Thomas…

— Il a donc payé avec l'argent de deux orphelines. Ses deux premières protégées assassinées…

— J'ai trouvé la troisième Marine Jaurès, étudiante en première année de DEUG de physique-chimie. Elle s'est défenestrée en 1994 mais n'a pas survécu à sa chute. Retrouvée dans un meilleur état que Camille. Multiples hématomes, fractures mais il a précisé qu'elle souffrait de la maladie des os de verre. Traces d'abus sexuels. Aucune piste, classée sans suite. Pareil, l'argent a disparu lui aussi. Finalement, à quatre, ils leur auront tout pris. Leur dignité, leur vie, leur argent… Par contre, aucune piste pour trouver Sabatier… Une telle monstruosité, je n'en avais encore jamais vu que dans les séries télévisées…

Cédric avait toutefois réussi à mettre un nom et un visage sur les quatre victimes répertoriées. Il était assailli d'images ignobles : les viols, les coups, les humiliations, les actes de torture et de barbarie. Les deux meurtres insoutenables de ces deux sœurs. Une famille effacée de la surface terrestre. Comme celle de Camille Védrine quelques années plus tard. Le téléphone sonna :

— Bonjour, Dr Varton à l'appareil (il mit un moment à la resituer, ils avaient tellement vu de médecins depuis le début de l'enquête… L'endocrinologue de Camille Védrine). Camille m'a contactée, il y a une heure. Son otage est encore en vie mais elle semble perdue, désorientée. Je lui ai conseillé de se rendre mais elle n'a pas répondu…

— Vous avez relevé son numéro de téléphone ?

— Le numéro était masqué, désolée. Il faut la retrouver…

La retrouver, mais ils ne faisaient que ça… Du moins, ils essayaient…

Coralie regardait depuis un moment les vidéos sur l'ordinateur de Ferdinant. Une nouvelle vidéo était en train de tourner. Elle cliqua, intriguée. Le studio de la rue Guynemer…

Un homme parlait, une voix inconnue, du moins pour elle. Il reconnut Claude Ferdinant. Que faisait-il dans ce studio qui ne lui appartenait pourtant pas ? Parlait-il tout seul ? Il tenait des propos inquiétants, proposant de trouver une victime pour la faire souffrir. Une caméra détecta un mouvement, Antoine Sabatier apparut sur l'écran.

— Antoine Sabatier est retenu prisonnier dans l'appartement 248 rue Guynemer par Ferdinant. On fonce…

Claude Ferdinant se rendit sans résistance. Il maintenait avec aplomb avoir rendu un fier service à la police. Sabatier s'apprêtait à mettre les voiles.

Ils furent emmenés et placés en garde à vue.

Antoine Sabatier ne décolérait pas et le montra ostensiblement après deux heures passées dans une cellule.

— Vous m'avez collé en garde à vue ! Je suis la victime dans l'histoire. Il m'a séquestré, je croyais qu'il était mon ami…

— Vous comptiez fuir… Vous saviez pour vos complices… Paul Thomas et Rachid Benbarka, non ? Attendez, je vais vous montrer.

On lui mit sous le nez la photo de la scène de crime. Le cadavre de Thomas. Il blêmit mais resta muet.

— Quant au deuxième, il n'a toujours pas été retrouvé. Votre seule victime vivante se venge. Camille Védrine. Vous manquez à son tableau de chasse… Vous souhaitez partir, mais partez, partez…

Je ne vous retiens pas… Vous voulez finir comme le premier, c'est votre droit…

— Et si je reste ici, que se passera-t-il ? Vous allez me coller sur le dos les viols et meurtres de nos prétendues victimes…

— Inutile de préciser « prétendues ». Vous êtes parfaitement identifiable sur les vidéos des caméras cachées par Gustave Ferdinant… pour l'instant, vous êtes le seul que l'on ait. Vous serez le seul accusé si Benbarka est retrouvé mort. Il va être l'heure de rendre enfin des comptes, vous êtes passés un peu trop longtemps entre les mailles du filet.

— Je ne veux pas être le seul à défendre mon honneur.

— Votre honneur ? Je vous conseille de ne pas utiliser ce mot devant les jurés…

Claude Ferdinant s'attendait à ce qu'on lui décerne une médaille pour avoir séquestré Antoine Sabatier. Il avoua, sans détour, être déjà au courant des agissements criminels de son père.

— Vous lui avez proposé de former un duo pour torturer une jeune femme…

— J'en ai assez d'eux. J'ai toujours été dans leur ombre. Je veux entrer dans la lumière…

Ils furent tous les deux mis en examen, l'un pour enlèvement et séquestration, le second pour des faits beaucoup plus graves.

Pendant ce temps, Octave Dubroca était inquiet. Camille avait manqué deux rendez-vous et ne répondait plus au numéro. Ne sachant que faire, il comprit que la vengeance était terminée. Il appela la police pour lui signaler que Camille se trouvait dans un immeuble sur le point d'être démoli rue Necker dans le quartier de Bagatelle. Deux voitures de police et les pompiers foncèrent.

Camille ne répondit pas aux appels. L'immeuble paraissait vide, un silence angoissant régnait. Ils décidèrent d'entrer. Rachid gisait inconscient sur son matelas, respirant faiblement. Ils appelèrent Camille, précisant leurs noms et leur fonction. Elle ne se manifesta pas. Elle s'était pendue. À ses pieds un simple mot : « je suis devenue un monstre ».

Plusieurs procès se tinrent. Ferdinant fut condamné à un an de prison pour séquestration. Octave Dubroca à dix ans de prison pour complicité de meurtre et de séquestration. Il accueillit sa condamnation avec une retenue exemplaire ; son épouse Monique avait retrouvé Laure.

Le procès de Rachid Benbarka et d'Antoine Sabatier plongea la ville dans un abîme d'effroi. Comment de telles atrocités avaient-elles bien pu être commises dans une telle ville ? Leurs crimes firent la une du journal pendant les trois semaines de procès. Les ossements de leurs victimes avaient été enterrés dans les caveaux de famille. Ils avaient indiqué où ils les avaient enterrés, pensant avoir en retour une certaine clémence. Leurs espoirs furent déçus : la peine de prison de trente ans accompagnée d'une période de sûreté de vingt ans de prison. Ils allaient ainsi découvrir les joies de l'enfermement.

Le lieutenant Cédric Dubourg passa une ultime fois devant le 35 avenue Guynemer. L'immeuble cossu avait retrouvé son calme apparent. Plus rien ne subsistait des drames qui s'y étaient déroulés…

Il se rendait toutes les semaines au cimetière. Il s'arrêta devant la tombe de Laure Dubroca, dédaigna celle de Paul Thomas à qui il souhaitait une éternité de souffrance en enfer.

Il atteignit enfin son but. Le caveau de famille de la famille Védrine. Camille avait retrouvé ses parents, mettant un terme violent à une vie faite de courtes joies et d'une avalanche de drames. Elle avait retrouvé le monde du silence.

Celui rempli de ces personnes qui étaient trop bonnes et trop pures pour notre monde cruel. Elle était redevenue invisible. Pourtant, Cédric ne l'oublierait jamais.

Imprimé en France
ISBN 979-10-284-2501-2
Dépôt légal : 1er trimestre 2023